KB196954

가능성의 세계

# 가능성의 세계

이서현 씀

소설가 데뷔라는
일시적 낭만과
일상적 불안

메
카르북스

# 차례

🗀 내 PC/차례

## 당선되자마자 내가 들은 건

🗀 내 PC/차례/1부/당선되자마자 내가 들은 건

## 자유가 방종이 되는 건 시간문제

🗀 내 PC/차례/2부/자유가 방종이 되는 건 시간문제

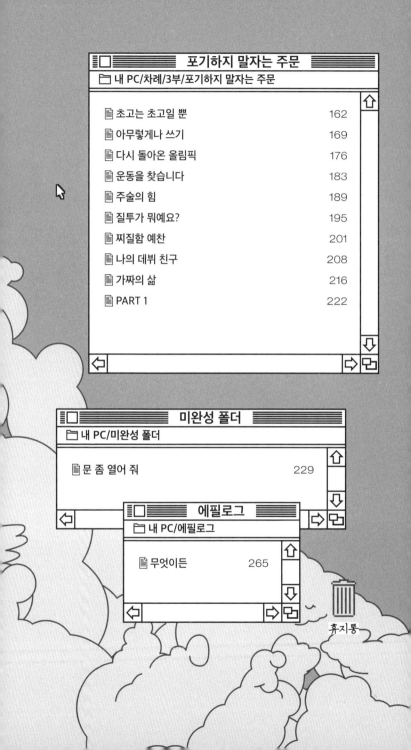

휴지통

1부

내 PC/1부

당선되자마자 내가 들은 건

# 아무도
# 믿지 마

———

"이서현 작가님 맞으시죠?"

"네?"

"축하드려요."

그 후에 이어진 말은 정확히 기억나지 않는다. 어안이 벙벙했다. 축하한다고 했고, '펑'이라는 단어가 들렸고, '대상'이라고 했던 것 같기도 한데, 내가 제대로 들은 게 맞는 건지 전화를 끊고도 몇 번이나 곱씹었다.

뺨이라도 때려야 하나 싶었지만 내가 나를 아프게 할 순 없지. 당연히 볼도 꼬집지 않았다. 멍하니 핸드폰만 쳐다보았을 뿐이다. 뇌가 눈치도 없이 결과가 잘못 전달되었다는 상상의 나래를 펼치는 바람에 기쁨의 순간은 조금도 누리지 못했다. 다시 전화를 걸어서 물어볼까? 아니지, 너무 없어 보이잖아. 체면을 지켜야지. 누가 장난한 건 아니겠지? 그런 거라면 내가 가만두지 않을 테야…… 말 그대로 혼자 난리 블루스를 췄다. 한참이 지난 후에야 현실을 받아들일 준비가 되었다.

"나 당선됐대."

전화를 받은 엄마는 소리까지 지르며 좋아했고, 때마침 집에 있었던 아빠까지 한바탕 난리가 났다. 두 사람이 좋아하는 걸 듣고 있으니 어쩐지 머쓱했다. 그동안 티는 안 냈지만 마음고생을 했구나 싶어 미안한 마음도 들었다. 동시에 혹시 진짜 잘못 온 전화였으면 어떡하나 걱정도 되었다. 전화를 끊고 나서야 알았다. 좋은 일에 마음껏 기뻐할 수도 없을 만큼 오랜 시간 반복된 실패에 익숙해져 있었다는 걸. 심지어 나는 이미 포기를 한 터였다. 이젠 글 안 쓰려고. 공식적인 포기 선언만 남겨 놓고 있을 때 당선 연락을 받았다.

첫 소설집 『망생의 밤』의 수록작 「누구에게나 오는 기회」에서 살짝 써먹은 이야기지만, 공모전 당선 연락을 받은 게 처음은 아니었다. 소설을 쓰겠다는 마음이 전혀 없던 시절 이력서에 한 줄 넣어 보겠다고 작문 스터디에서 쓴 글을 문학잡지 공모전에 보낸 적이 있다. 문학계나 출판 생태계를 잘 몰랐을뿐더러 그

잡지사가 얼마나 영세한지조차 알지 못했던 때였다.

　　얼마 후 당선 연락을 받았다. 어떻게 그런 글을 쓰게 되었느냐며 칭찬을 한참 늘어놓더니 당선을 위해서는 70만 원이 필요하다고 했다. 문학 발전 기금이라나 뭐라나. 발전 기금이라기엔 적은 액수 아닌가 생각하면서도 거절했다. 문학 발전 기금을 왜 공모전 당선자가 내야 하는 것인지 이해가 되지 않았다. 그런 건 잘나가는 사람들이 내는 게 맞지 않나? 힘 있고 돈 있는, 그러니까 문학 발전을 위해 실제로 환경을 조성할 수 있는 사람들 말이다. 그렇게 나는 이른바 '문단 장사'라 불리는 일을 겪으며 처음으로 이 바닥을 접했다(당시에도 정상적인 일은 아니었고 요즘엔 대부분 사라졌다고 알고 있지만 혹시나 비슷한 일을 겪게 된다면 속지 말기를). 그러나 더럽고 치사해서 때려치우기보다는 나에게도 재능이? 싶은 이상한 자신감과 함께 앞으로는 상금이 걸린 공모전에만 도전하겠다는 어이없는 결심을 하고 말았다. 지금 생각해도 참으로 이상한 결론이다. 정말이지 인생은 희한하게 흐르는 것 같다. 그때부터 본격적으로 고난이 시작되었다.

　　처음엔 나쁘지 않았다. 무턱대고 쓴 소설들이 이름만 대면 알 만한 곳에 최종심까지 착착 올라가는 게 아닌가. 심지어 처음 쓴 장편에 "습작을 많이 해 본

솜씨"라는 심사평을 받았다. 이쯤 되면 누구라도 자신에게 재능이 있다고 착각할 수밖에 없다. 그렇게 본선에만 오르는 작가들을 '본선 전문 작가'라고 부르기도 한다는 것은 나중에야 알게 되었다. 그러니까 나는, 본선에는 오르지만 당선은 되지 못하는 애매한 재능의 소유자였던 것이다. 자고로 재능이 없는 것보다 가혹한 게 애매한 재능이다. 조금만 더 손을 뻗으면, 한 번만 더 해 보면 될 것 같다. 흡사 막판에 와서 인형을 툭 떨어뜨리고 마는 인형뽑기 기계 같다. 한 판만 더 하면 인형은 내 것이 될 것 같고, 그게 아니면 다른 인형을 노려 볼 만도 한 것 같다. 간당간당 아슬아슬. 그렇게 시간이라는 대가를 차곡차곡 지불하다 보니 내가 텅 비어 버린 느낌이 들었다. 주어진 기회를 이미 다 써 버린 것만 같았다. 어느 날 문득 할 만큼 했다는 생각이 들었다. 내가 할 수 있는 건 다했다. 내 재능이 여기까지인 걸 인정하자.

　　　슬플 줄 알았는데 이상하게 후련했다. 발표 날이 다가올 때마다 홈페이지를 들락거릴 필요도, 스팸 전화에 가슴 철렁하는 일도, 내일 운세를 확인하며 기대하거나 실망할 것도 없었다. 몇 년 만에 푹 잤다. 공모전에 매달리기 시작한 후로는 하루도 마음 편히 잔 적이 없었다. 몰려오는 피로에 기절하듯 잠들면서도 잠을 잘 자격이 있는지 의문이 들었다. 오늘 하루도 의미 없이 날렸는데 침대에 누워 편하게 자도 되는 걸까, 이 시간도 아까워하며 최선을 다해야 하는 건 아닐까, 그렇게 스스로를 벼랑 끝으로 내몰곤 했다. 포기하기 전에는 내일을 장담할 수 없었지만 포기하고 나자 새로운 내일이 생긴 기분이었다. 내일부터는 다른 삶을 살아야 한다고, 어떻게 살아갈지 고민하자고, 그렇게 처음으로 긍정 아닌 긍정을 하게 된 것이다.

다음 날, 마음을 정리하기 위해 아침부터 공원 산책을 다녀왔다. 글이 막힐 때마다 걷던 산책길을 글을 떠나보내면서도 걷게 되었다. 한 번만 더 해 보자, 조금만 더 힘내 보자 되뇌던 말들은 잘 비워 보자, 미련을 갖지 말자는 다짐으로 바뀌었다. 앞으로의 시간이 막막했지만 더 늦기 전에 돌아선 나를 축하하고픈 마음도 들었다. 그러니 너무 우울해하지 말자고, 떨어지는 것보다 더 우울하겠냐고, 가끔은 실패보다 포기가 나은 법이라고, 적어도 나는 노력해 보지 않았느냐고, 그런 생각을 하며 집으로 돌아왔을 때 당선되었다는 전화를 받은 거였다.

지망생 시절 숱하게 들었던 '포기하는 순간 당선이 됐어요'라는 마법 같은 일이 내게도 현실이 되었다(클리셰 만세). 그 마법이 내게서 떠날까 봐, 앗! 여기가 아니었네! 하고 달아날까 봐 불안했다. 심지어 나는 포기까지 했었지 않나. 그 마음을 신이 알아차리기라도 해서 에잇 괘씸해, 다시 거둬들이겠어, 하고 변덕이라도 부리면 어떡하나.

또 다른 꿈에 도전하고 있는 친구가 이런 말을 한 적이 있다. 포기를 해야 하는 순간이 언제인지 모르겠다고. 포기조차 안 되는 마음이 괴롭다고. 나는 자연스레 알게 될 거라고 말해 주었다. 포기조차 못하겠는 마음은 사실 온 힘을 다하지 않았다는 걸 무의식적으로나마 알고 있기 때문일 수도 있다고. 하려고 할 땐 죽어도 안 되던 게 느닷없이 되기도 한다고. 지망생에겐 때때로 가짜 포기의 순간이 온다. 포기하는 순간 되었다는 마법의 말은 너무도 유명하고 유혹적이니까. 어쩐지 포기를 하면 될 것 같은 기분. 그러나 신기하게도 그런 마음으로 포기를 하려고 하면 진짜 포기가 안 되는 법이다.

나의 초조한 마음과 달리 상황은 느긋하게 흘러갔다. 경기장 문을 열고 들어가긴 했는데, 아무도 내게 관심을 주지 않았다. 당선 전화가 온 뒤 공식 발표까지는 며칠의 시간이 걸렸다. 홈페이지에 뜬 공식 발표를 보고, 향후 일정에 관한 전화를 받고, 담당자와 약속이 정해진 후에야 비로소 실감했다. 온전한 현실이 되자 처음 소식을 들었을 때 기쁨의 댄스를 추지 못한 게 살짝 후회가 되었다. 뒤늦게 추자니 어쩐지 머쓱한 느낌이랄까. 그때는 나도 모르게 실실 웃음이 나오곤 했는데 그 기쁨도 오래가진 못했다.

담당자와의 첫 미팅이 끝날 무렵 우연히 어떤 작가와 마주하게 되었다.

"선배로서 한마디 해 줘요."

담당자는 간단한 소개 후 현업 작가에게 이제 막 공모전에 당선된 신인 작가인 내게 조언 한마디를 청했고, 그는 한 치의 망설임도 없이 단호하게 말했다.

"아무도 믿지 마세요."

아니, 이게 무슨 말인가.

"지금부턴 많은 말들이 들릴 거예요. 이렇게 하라든가 저렇게 하라든가, 어떻게든 흠을 찾으려 하거나 영양가 없는 말로 현혹하려 하거나."

"......"

"당선됐다는 사실은 잊어요. 그리고 다음 소설을 써요. 내가 해 줄 수 있는 말은 여기까지. 파이팅 하세요."

아…… 이토록 비관적이고도 씁쓸한 응원이라니. 이거야말로 '웰컴 투 헬' 아닌가.

결과적으로 그의 조언은 반은 맞고 반은 틀렸다. 수많은 말들이 날아오기 시작했지만 그 말들을 세상이 다 알 정도로 나는 유명해지지 못했고, 어떻게든 깎아내리려는 사람도, 허무맹랑하고 달콤한 열매를 흔들며 현혹하는 사람도 있었지만 별것 없는 내 실력을 칭찬하며 함께하자고 손을 내미는 사람도, 묵묵히 응원해 주는 좋은 사람들도 만났다. 그럼에도 그날의 충고를 잊지 못하는 건 그 순간부터 당선 전과는 또 다른 불안이 시작되었기 때문이다.

　세상은 만만치 않고, 나를 망하게 할 사람들은 득실거리고, 무엇보다 두 번째 작품을 제대로 써내지 못하면 애써 들어온 경기장에서 다시 나가야 할지도 모른다는 것. 그렇게 나는 어떻게든 정신 차리고 살아남아야 한다는 압박감과 기가 막힌 차기작을 써내야 한다는 불안감에 쫓기며 작가가 되었다. 그리고 이 불안은 4년이 지난 지금까지도 여전히 내 곁을 지키고 있다. 예전만큼의 위력은 발휘하지 못하고 있지만. 뭐든 오래 되면 익숙해지고 익숙해지면 정이 드는 법이다. 좋은 건지 나쁜 건지 모르겠다만.


　이제 와서 내가 겪은 불안을 그날 이후 다시 보지 못한 어느 작가의 탓으로 돌릴 마음은 없다. 그로서는 진심으로 건넨 걱정 어린 충고였을 것이다. 담당자 앞에서 아무도 믿지 말라는 말을 하는 게 쉽지는 않았을 테니. 그 작가에게도 지난날이 불현듯 스쳐 지나갔을 것이다. 자신이 겪었던 숱한 고난이 눈앞에 펼쳐졌을 테고, 아무것도 모른다는 표정으로 해맑게 앉

아 있는 신인이 안타까웠을 것이다. 공모전 이후가 진
짜 지옥이라는 말이 공공연히 돌아다니는 데에는 다
이유가 있다.

그럼에도 그날 다른 충고를 들었다면 어땠을까
아쉬움이 남는다. "아무도 믿지 마세요"가 아니라 "자
신을 믿으세요"였다면 어땠을까. 이렇든 저렇든 그 방
법밖에는 없는 것 같은데. 물론 그러거나 말거나 "전
끝내주는 작품을 쓸 건데요?" 하는 기세등등함이 내
게 있었다면 더 좋았을 테지만.

# 팔랑귀의
# 최후

———

소설 공모전에서 『펑』이 당선되자마자 내가 들은 건 드라마를 써 보라는 말이었다.

어떤 이들은 내가 당연히 드라마나 영화판에 오래 있었을 거라고 짐작하기도 했다. 소설의 주인공이 보조작가라서 그런가 했더니 그것뿐만은 아니라고 했다. 명확한 이유는 말하지 않으면서 그저 드라마를 하면 잘할 것 같다고, 내가 쓰는 글엔 드라마적 요소가 많다고 했다.

스스로 의심이 많다고 자부하는 것치고 대단한 팔랑귀인 나는 혹했다. 그럼에도 확신은 들지 않아서 친구들을 만날 때마다 물었다. 내가 이런 이야기를 들었는데 말이지, 하고 말을 꺼내기가 무섭게 늘 똑같은 반응이 날아왔다.

"해야지! 잘할 것 같은데? 드라마 나오면 좋겠다."

드라마를 써 본 적도, 쓸 생각을 해 본 적도 없었지만, 부추기는 말을 계속 듣다 보면 없던 마음도 생기는 게 사람인지라 어쩐지 드라마를 한번 써 봐야 할 것 같았다. 혹시 모르는 일이었다. 내게 드라마 작가로서의 천부적 재능이 있을지도. 나만 내 재능을 알아보지 못한 채 썩히고 있는 것일지도. 소설이 아니라 드라마를 썼다면 진즉에 김은희가 되었을지도 모른다. 그렇다. 나는 언제나 저만치 앞서 나가는 사람인 것이다.

이제 와 생각해 보면 친구들은 내가 하는 일에 단 한 번도 부정적인 말을 한 적이 없었다. 약간은 무심하면서도 착한 친구들의 말을 곧이곧대로 믿고 싶었다. 소설을 쓰기 시작한 것도 우연이라면 우연이었으니 드라마라고 그러지 말란 법도 없다고 생각했다.

대학 졸업반 시절 어쩌다 전공과 무관하게 언론사 인턴 기자가 되었다. 그러다 갑자기 방송국 PD가 되겠다며 언론사 스터디를 시작했다. 작문 스터디 역시 그중 하나였는데 스터디 멤버들이 내 작문을 너무 좋아하는 것이 아닌가. 쓸 때마다 이건 작문이 아니라 소설이라고 치켜세웠고, 그렇게 나는 어느새 단편을 쓰고 있었다. 장르에 대한 고집은 딱히 없었다. 소설은 내게 이야기를 접하는 하나의 방식이었고, 내가 하고 싶은 이야기를 좀 더 효과적으로 할 수 있다면 어떤 식으로든 확장해 가고 싶은 마음도 있었다.

결론부터 말하자면 호기롭게 덤볐다가 호되게 데었다.

처음부터 난관이었다. 소설 작법에 익숙한 터라 드라마적 작법을 익히는 게 쉽지 않았다. 이건 드라마가 될 수 없다는 피드백도 들었다. (언제는 드라마 같다면서요!) 드라마에서 사건을 이끌어 가는 주요 장치 중 하나가 동선이라는 것을 알게 된 후로 기술적인 부분은 크게 문제 되지 않았지만, 문제는 혼자 쓴 대본만으로는 드라마를 만들 수 없다는 거였다. 너무 많은 상황이 존재했고, 너무 많은 말이 쏟아졌다. 무엇보다 소설가로는 데뷔를 했으나 드라마는 처음이었으니 새롭게 배워야 할 것이 많았다. 그 점을 구실로 삼아 나를 휘두르려는 이들도 있었다. 그 속에서 나는 한껏 휘둘렸다.

배워야 한다는 말에 속아 무작정 영화 각색 작업을 하기도 했고(영화는 아직 나오지 않았고 제작이 되고 있는지조차 모른다), 잠시 보조작가 일도 했고, 초기 단계에서 제작이 엎어진 대본을 쓰기도 했다. 시간이 많이 걸리는 일이기도 했고, 끝을 장담할 수 없는 일이기도 했다. 심지어 드라마는 대본에서부터 시작되는 작업인 만큼 기획서는 물론이고 4회차 정도의 대본이 있어야 제작사 문을 두드려 볼 수나 있다. 한 치 앞도 모르는 게 글 쓰는 일이라지만 방영이 되기 전까지는 무엇도 장담할 수 없는 세계, 그 미지의 세계를 버텨 낸다는 건 쉽지 않은 일이다. 얼마 전에는 알고 지내는 작가가 2년 동안 각색한 작품이 결국 제작 불발로 공중분해 되었다는 소식을 들었다. 그럼에도 "어쩔 수 없지"라는 말밖에 할 수가 없었다.

　문제는 이 모든 것을 버틸 만큼 내가 드라마를 쓰고 싶은 건지 나도 모르겠다는 거였다. 어느 순간부터 나는 남들이 원하는 글만 쓰고 있었다. 내가 쓰고 싶은 이야기는 생각하지 않은 채 요즘엔 어떤 이야기가 먹히는지부터 분석했고, 기가 막힌 스릴러 하나 써 달라는 말에 스릴러를, 로맨스도 괜찮겠다는 말에 로맨스를 썼다. 그렇게 매일매일 무언가를 쓰고 있었지만 한 달이 지나고 반년이 지나고 일 년이 지나도 내 손에 남는 게 없었다. 그럴 수밖에. 타인의 조언에 휘둘리는 동안 정작 내가 쓰고 싶었던 소설은 미루고 또 미루고 있었으니까. 분명 하고 싶은 일을 하고 있었는데 동시에 이건 내가 하고 싶은 일이 아니라는 생각이 들었다. 지금 쓰고 있는 게 무엇인지도 모르겠고 왜 써야 하는지도 모르는 채 먹고살려면 어쩔 수 없지 않느냐는 말만 계속했다. 모든 걸 멈추고 싶었지만 멈출 용기조차 나지 않았다. 꿈을 이룬 지 얼마 되지도 않았는데 나를 쥐어짜느라 바빴다.

　스스로에게 물을 수밖에 없었다. 작가라는 타이틀만 달고 있으면 다 괜찮은 걸까. 다른 사람이 원하는 대로 쓸 수 있으면, 인정만 받으면 삶이 탄탄대로로 흘러갈 거라 믿고 있는 걸까. 다른 사람의 인생만 내내 엿보다가 정작 내 인생은 잃어버린 게 아닐까. 말 그대로 점점 더 후진 인간이 되고 있는 것만 같았다. 더 이상한 건 그럴수록 타인의 눈치를 더 보게 되었다는 거다. 내가 무얼 하고 있는지 모르겠으니 내가 어떻게 보일지만 신경 쓰게 되었다. 그야말로 엉망이었다. 팔랑귀의 최후였다.


　돌이켜 생각해 보면 그때 나를 사로잡고 있던 건 무력감이었다. 드라마를 쓴다고 한들 드라마가 나오는 게 아니었으니 드라마 작가라고 할 수도 없고, 소설가라고 하기엔 소설에 집중하지 못하는 내가 부끄러웠다. 소설로는 돈을 못 번다는 세간의 말을 아무렇지 않게 옮기고 있는 내가 이상한 줄도 몰랐다. 소설로 먹고살기가 힘든 것은 사실이지만 어쨌거나 나는 소설로 돈을 벌고 있었다. 심지어 공모전에 당선된 지 얼마 안 된 때였고 영상화 판권도 팔린 상황이니 돈을 아주 못 번다고 할 수도 없었다. 다만 그것들이 정기적인 수입이 아니라는 데 문제가 있었는데 사실 그건 소설가뿐 아니라 모든 프리랜서에게 해당하는 일이다. 그러니까 내 무력감의 정체는 앞으로 돈을 못 벌 수도 있다는 공포였다. 그 공포에 짓눌려 정작 중요한 글쓰기에 대한 고민은 뒷전으로 밀리다 못해 사라진 것 같았다. 그 무렵 이런 말을 들었다.

"내가 보기엔 가스라이팅 당하고 있는 것 같은데?"

그때도 지금도 내가 가스라이팅을 당했다고 생각하진 않는다. 거기까지 간 건 어쨌거나 내 의지였다. 제대로 된 고민도 하지 않고 무턱대고 덤빈 건 나였다. 외부의 말들에 한눈파느라 내실을 내팽개친 건 다름 아닌 나였지 다른 누구도 아니다. 오히려 그런 말을 들을 때까지 상황을 끌고 왔다는 사실에 스스로 화가 났다.

마음도 마음이지만 일단 몸 상태가 나빴다. 살이 쭉쭉 빠졌다. 고등학교 때 이후로 최저 몸무게를 찍게 되었는데, 나는 정말이지 살이 빠지는 걸 극도로 싫어하는 사람이다. 일을 관두고 몸무게 원상 복구에 가장 힘을 썼다고 해도 과언이 아니다. 이유 없이 고열이 오르기도 했다. 화병이었는지 병원에 가도 딱히 이유를 찾지 못했다. 잘 먹고 잘 쉬는 방법밖에 없었지만 쉬기는커녕 회의조차 마음대로 빠질 수 없어서 수액을 맞고 회의를 가곤 했다. 결국 건강을 핑계 삼아 드라마 일을 정리했다. 다행히 나 하나 빠진다고 돌아가지 않을 만큼 큰 역할은 아니었다. 나를 괴롭히던 사실이 그만둘 때가 되니 도움이 될 줄이야. 새로운 연재를 시작하기도 한 터라 마음의 여유도 없었다. 다른 것을 핑계 삼아 연재를 망치고 싶지 않았으니까.

잠시나마 소설을 뒷전에 두면서 깨달은 건 내가 소설을 정말 좋아한다는 사실이었다. 애초에 돈을 벌기 위해 소설을 쓴 것도 아니다. 그런 거였다면 지망생 시절 진즉에 도망쳤을 거다. 타인의 칭찬으로 인해 시작한 일이긴 했지만, 소설을 쓰는 동안 나의 재능을 의심한 적은 있어도 소설 쓰는 행위 자체를 의심한 적은 없었다. 소설이 좋은 이유는 소설을 쓴다는 데 있다. 말장난 같지만 사실이다. 세상을 담고 있으면서도 세상으로부터 안전하게 달아나는 곳. 조곤조곤 이야기를 들려주는 것. 나의 상상을 타인의 상상으로 만드는 것. 그 재미를 뒷전으로 하고 있었다.


그럼 이제 드라마는 안 써? 물어보는 이들이 있다. 그렇진 않다. 나의 기점이 소설이라는 걸 명확하게 한 뒤 드라마를 쓴다는 게 다를 뿐. 경계가 무너지고 있는 시대니까. 아직은 한계를 두고 싶지 않다. 다만 드라마 작업에 뒤따르는 영광을 쫓기보단 드라마로 할 수 있는 이야기를 찾고 싶다. 시간이 드는 일이다.

한창 방황하던 때 들은 이야기가 있다. 무엇을

해도 괜찮을 테니 내가 선택을 하면 된다는 말이었다. 그 말을 듣기 전까지 몰랐다. 내가 선택할 수 있다는 것, 아니 선택해야 한다는 것을. 나는 선택받아야 하는 사람이라고 여겼다. 내가 무엇을 할지는 타인의 손에 달려 있다고 생각했다. 선택을 받아야만 작품을 낼 수 있고 작가 생활을 이어 갈 수 있으리라 믿었다. 삶의 주도권을 내가 잡고 있지 않았기 때문에 힘들었던 것이다.

선택을 받기 전에 선택을 해야 한다. 어쩌면 선택을 해야만 선택받을 수 있는 것일지도 모른다. 그걸 알고 난 후에는 선택하는 일이 그리 어렵지 않다. 팔랑귀가 늘 나쁜 것은 아니다.

# 오해십니다

——

소설은 소설일 뿐이라는 말이 무색하게도 종종 오해를 받곤 한다. 소설 속 주인공이 나의 페르소나일 거라는 오해부터 소설가라는 직업 자체에 대한 오해까지. 그야말로 가지각색이다. 뭐든 익숙해지기 마련이라 이제는 오해를 즐기기까지 하는 지경이 되었지만 처음엔 몹시 당황했다. 『펑』이 나오고 얼마 동안은 오해를 푸느라 정신이 없었다.

"보조작가로 몇 년 일했어요?"

"내 친구가 너희 아빠 교수냐고 묻던데?"

"혹시 약국 해요?"

"동생 있었어?"

"집이 강남이에요?"

이쯤 되니 폭탄은 어떻게 만드는지 안 물어본 게 다행인 것 같다. 굳이 말해야 할까 싶기도 하지만 『펑』에 나와 관련된 이야기는 하나도 없다. 아파트에 살았다는 것과 글을 쓰겠다고 했을 때 누구도 반대하지 않았다는 정도가 비슷할 뿐이다.

글을 쓰겠다고 하면 다들 발 벗고 나서서 말린다던데 우리 집은 이상하리만치 반대하는 사람이 없었다. 현실주의자 아빠도 기왕이면 하고 싶은 걸 하고 살라고 했고, 긍정 파워 엄마는 내가 해리 포터 같은 대작을 쓰게 될 거라 믿었다. 쿨한 그들을 원망했던 적도 있다. 자식이 험난한 길로 가겠다는데 왜 말리지 않았는지. 물론 말렸다고 해도 들어 먹지 않았겠지만…… 친구들조차 응원만 해 준 터라 '아무도 나를 이해 못해!' 식의 투정 한번 부릴 수 없는 지망생 기간을 보냈다. 그들은 놀랍도록 나를 잘 이해해 줬다. 무한한 응원을 받는 것이 좋기만 한 건 아니라는 삐뚤어진 마음까지도. 그러니 소통이 되지 않아 오해를 낳고, 그 오해가 갈등을 불러일으키는 것 역시 나와는 전혀 관계없는 이야기였다.

『펑』과 달리 소설집 『망생의 밤』에 대해선 어떤 질문도 받지 않았는데, 나중에 알게 된 사실이지만 지망생의 삶을 다뤘다는 점에서 다들 당연히 내 이야기일 거라 짐작했던 것이다. 심지어 친구와의 전화 통화 내용을 고스란히 옮겼다고 생각한 사람도 있었다. 물론 내가 겪은 일을 각색해서 넣은 부분도 있긴 하지만 그 또한 온전히 내 경험이라곤 할 수 없다(사실 나의 지망생 생활은 힘들다는 말을 꺼내기 어색할 만큼 아무 일 없이 평화롭게 지나갔다……). 그런 오해들이 황당했지만 재밌기도 했다. 그러니까 현실감을 잘 살렸다는 거잖아? 하고 칭찬 회로를 돌려 보기도 하면서. 딱히 풀기 어려운 오해도 아니다. 그냥 소설이잖아, 하면 끝나는 일이었으니까.

　　풀기 어려운 오해는 따로 있다. 의도에 대한 불특정 다수의 오해다. 특정 인물의 생각을 작가의 생각이라 여기는 것. 이런 오해는 풀 수도 없고, 시도해 본다 한들 구차해질 뿐이다. 소설 후기를 일일이 찾아보는 것으로도 모자라 변명을 하고 다니는 소인배로 전락할 위험이 있다. 나 홀로 방구석에서 그게 아닙니다, 오해십니다, 애통해하는 수밖에. 이쯤에서 살짝 고민이 된다. 이 기회에 여기서 변명을 하면 어떻게 보일까?

　　자, 들어 보세요. 제 의도는 말이죠……

　　두 가지 결과를 생각할 수 있다. 첫 번째, 기대한 대로 오해가 풀린다. '그래요, 네 말이 다 맞아요.' 두 번째, '어쩌라는 거지?' 지루함에 책을 덮어 버린다. 그 밖에 '거참, 질리는 구석이 있네. 그 책 안 봤거든요?' 혹은 '저기요, 전 제대로 읽었거든요?'도 있을 수 있겠다. 어느 쪽이든 내 손해인 것 같다. 무엇보다

텍스트는 내 손을 떠나면 끝이다. 독자는 뜻대로 읽어 낼 권리가 있고, 소설은 결국 독자가 완성하는 글이다.

그래도 한마디 보태자면 소설은 일어날 법한 일을 보여 준다는 거다. 그러니까 인물들 역시 그 상황에 그럴 법한 행동과 생각을 하는 거고, 소설가는 특정한 누군가의 마음을 추측하며 쓸 수밖에 없다. 현실감을 살리기 위해 디테일을 첨가하고 다양한 심리에 대해 연구도 하겠지만 소설 속 등장인물의 모든 생각에 동의하는 건 아니다. 아니면 내가 후기를 오해한 것일까.

이 모든 일희일비가 '처음이기 때문'이었다는 걸 알게 된 건 최근의 일이다. 얼마 전 첫 책을 낸 작가와 대화할 기회가 있었다. 책이 나온 지 며칠밖에 되지 않은 이였는데, 내가 그랬던 것처럼 하루에도 몇 번씩 인터넷 서점을 들락거리고 있다고 했다. "일일 백희백비예요." 그러고는 내용을 알기는커녕 제목조차 처음 들은 책의 작가가 어떤 오해를 받고 있는지부터 듣게 되었다. 스포부터 당했다는 곤란함도 잠시, 누구나 한 번쯤 겪게 되는 일이구나 싶은 마음에 한참 동안 맞장구를 치고 떠들었다. 나도 내가 들었던 오해에 대해 줄줄이 늘어놓았다. 내가 안도감을 느낀 것과 마찬가지로 그 작가 역시 안도하는 얼굴이었다.

사이코패스로 오해받아도 좋으니 책을 읽어만 주면 좋겠다는 마음이 된 지금의 나는 다음 날 그에게 일희를 선물하기 위해 책을 구입한 후 인증샷을 날렸다. 나를 괴롭히던 일도 지나고 나면 꽤나 쓸 만한 경험이 된다. 내 경험으로 누군가에게 위로를 줄 수 있는 처지가 되다니, 어쩐지 조금 뿌듯한 마음이 들기도 했다. 그날의 인증샷은 그렇게 내게도 일희가 되었다.

여기서 글을 마무리하면 좋겠지만 여전히 현재 진행형인 오해가 있다.

"이제 걱정 없잖아? 탄탄대로지 뭐. 상금도 받았잖아."

그 상금 사라진 지 오래랍니다…… 상금을 떠나 내 이름은 물론이고 소설 제목도 제대로 기억하지 못하는 사람이 많다. 『펑』의 판권이 팔리며 오해가 커진 듯하지만 여전히 나는 내 앞길을 꾸역꾸역 닦아야 하는 처지다. 다음 책을 낼 수 있을지, 지금 쓰고 있는 이 글이 재미가 있을지, 읽을 가치가 있는 건지, 늘 걱정이 된다.

친구 료리는 없어 보이는 것보다는 낫지 않냐고 했지만 나로선 내가 하지도 않은 거짓말을 한 기분이다. 자고로 작가란 돈을 못 벌기로 유명한 직업이거늘. 이런 말도 안 되는 오해가 생긴 것은 아마도 인터넷 때문일 거다. 인스타그램만 들어가도 '한 달에 1억 버는 글쓰기'라는 광고가 버젓이 돌아다니고, 취미로 소설을 썼다가 월급의 10배가 되는 바람에 회사를 때려치웠다는 글들이 보인다. 어마어마한 드라마 제작비를 보고 원작의 판권 역시 그 금액이 어마어마할 거라 추측하기도 한다. 물론 그런 이들도 있을 테지만 극소수다. 판권 계약 금액을 알고 싶어 하는 이들도 있는데, 그 또한 작가마다 다르다. 무엇을 상상하든 그 이하가 될 수 있다는 게 내가 할 수 있는 최선의 대답이다.

쓰다 보니 이것 역시 별일 아닌 것 같다. 그 오해 제가 현실로 만들어 보겠습니다! 포르쉐를 타는 그날까지! 결심 아닌 결심까지 하고 싶어진다. 이제야 조금 알겠다. 오해에 스트레스를 받으려면 그 오해에 힘이 실려야 한다는 걸. 스쳐 가는 한마디에도 쓸데없이 전력투구를 하고 있었다는 걸. 어쩌면 작가라는 직업을 오해하고 있었던 건 나일지 모르겠다. 무언가 특별하다는, 그러니까 남들도 특별하다고 여기고 있다는 착각. 그저 주변에 잘 없어서 모를 뿐일 텐데 왜 오해하느냐며 혼자 열을 내고 있었다.

얼마 전 여행을 갔다가 료리의 친구와 저녁을 함께 먹었다. 엔터 업계에서 오래도록 일해 왔고 현재 기획사에 다니고 있는 그 친구가 책을 내는 데 관심을 보였다. 보고 듣고 경험해 온 일들을 쫙 담아내고 싶다고.

　　연예 기획사에서 일하는 이들은 대체로 입이 무겁다. 친구를 통해 알게 된 사실이다. 아무리 친한 사이여도 일 이야기는 잘 하지 않는다. 그날도 친구는 재밌는 일이 너무 많다고 하면서도 구체적인 에피소드는 일절 언급하지 않았다. 속으로는 궁금한 게 넘쳐 났지만 일말의 체면을 지키기 위해 아무것도 묻지 않았다. 어쨌거나 책을 내고 싶은 마음은 꽤나 진지한 것 같아서 얼마든지 가능할 거라고 말해 주었다.

　　"업계 경력은 숨기고 싶은데. 그래야 다 말할 수 있지."

　　"아…… 그럼 좀 힘들 수도 있겠다."

　　실제 인물들을 드러내지 않는 식으로 각색을 할지라도 작가의 경력이 셀링 포인트가 될 테니까. 물론 경력을 밝히든 밝히지 않든 그 친구의 글쓰기를 응원하고 있다. 일단 나부터 읽고 싶다. 아니, 그래서 무슨 일이 있었던 건데? 어디까지가 사실인 거야? 누구 얘기인지 나한테만 말해 주면 안 돼?

　　역시. 사람 다 거기서 거기다. 입장 바꿔 생각해 보면 이렇게나 간단하다.

# 신소재의
# 증발

----

"부러질지언정 휠 수 없지!"

대학교 때였다. 무슨 일인지 조교에게 따져야 할 일이 있었는데, 학과 사무실에 들어가기 전 나는 절대 지지 않겠다며 자신만만하게 외쳤다. 그리고 친구들에게 보여 준 나의 모습은…… 휘다 못해 엄청난 탄력성을 보였다. 아잇. 부러지면 내 손해잖아. 어쨌든 원하는 바를 이뤄야 하는 것 아니겠어? 그날 나는 나의 요구는 물론 함께 간 친구들의 요구까지 관철시켜 주었지만 '신소재'라는 새로운 별명을 얻었다. 유연성이 과학 기술의 발전을 뛰어넘는다나 뭐라나. 다행히도 나에겐 이미 모두가 애용하는 별명이 있었기에 신소재라 불리는 일은 오래가지 않았다. 묘하게 어감이 별로였다.

요즘 나는 휘는 걸로는 모자라 접히는 중이다.

부러진 걸 접목하느라 바쁜 것 같기도 하고. 좋든 싫든 두루두루 잘 지내는 편이라 자부해 왔건만, 그동안 모난 사람들을 운 좋게 만나지 않았을 뿐인 것 같다. 초년에 좋은 운을 다 써 버린 걸까. 백세 시대에 그럼 곤란한데……

소설가 데뷔를 한 이후 새로운 사람을 많이 만났다. 프리랜서의 특성상 매일 만나는 사람보다는 가끔 만나는 사람이 더 많다. 함께 일을 하는 사이라도 한두 번밖에 만나지 않는 경우가 적지 않다. 한두 번 보는 사이에 얼굴 붉힐 일이 얼마나 있겠나. 대부분은 친절한 가면을 쓰고 마주한다. 언젠가 다시 만나자는 지킬 수 있을지 없을지 모르는 약속을 하며. 하지만 단 한 개의 악플에 백 개의 선플이 잊히듯 사람 역시 마찬가지다. 무례한 사람들을 만나고 나면 세상이 멸망 직전의 상태로 보인다.

사회생활을 하다 보면 누구나 빌런을 만나기 마련이고 온갖 종류의 빌런이 다 있겠지만 내가 만난 빌런들은 대체로 비슷한 특징을 보였다. 랩 실력만 갖췄다면 당장 쇼미더머니에 참가 신청서를 내도 될 만큼 쉴 새 없이 디스를 날렸다. '난 사실을 말했을 뿐이야' 슬로건을 걸고 팩트 폭력을 일삼는 아빠를 둔 사람으로서 디스에 강하다고 자부해 왔건만 근 3년간 겪은 사람들을 돌이켜 보면 아빠의 사실 적시는 귀엽게만 느껴진다.

　　맥락도 예의도 없고 경우까지 없는, 정신이 있는 거냐고 묻고 싶은 말들을 너무 많이 들었다. 가끔은 궁금해진다. 무례한 줄 모르고 그러는 건지, 아니면 그 정도의 예의도 필요 없다고 여기는 건지. 디스, 라는 어쩐지 귀엽고 가벼운 어감의 단어보다는 험담, 비난 같은 궁서체의 말로 바꿔 불러야 한다고 주장하고 싶다. 험담꾼, 비난꾼, 욕쟁이라는 타이틀은 리스펙과는 좀 멀어 보이니까.

　　어느 피디는 내게 이런 말을 했다.

　　"점수 매겨 줄게요. 우리 회사에서 자체적으로 판단하는 항목이 있거든. 거기에 맞춰서 한번 봐 볼게."

　　의문이 들었다. 내 앞에 있는 이 사람이 주제넘은 걸까, 내가 주제 파악을 못하고 있는 걸까. 그는 내 표정 따위 개의치 않은 채 점수 매기는 기준에 대해 한참을 떠들었다. 고작 두 번째 만남인 데다 나의 글과는 아무런 관계가 없는 이였다. 읽어 보고 싶다기에 호의로 내 책을 건넸을 뿐이다. (사인까지 해서 주는 게 아니었는데!) 시험을 친 적이 없는데 웬 점수? 그가 책을 읽었는지 안 읽었는지는 모르겠다만 점수표를 받는 일은 없었다. 점수를 매길 수 없을 만큼 형편없다고 여겼을까. 아니면 그저 자신이 점수를 매길 수 있는 위치의 사람이라고 말하고 싶었던 걸까.

　　이렇게 성심성의껏 나를 판단하려는 이와는 다르게 통성명도 하지 않은 채 사상 검증을 하려는 이도 있었다. "페미예요?" 그의 첫인사에 어이없다는 표정을 짓자 그는 잘못된 것을 전혀 모르겠다는 듯 다시 말했다. "어? 페미 맞는 거 같은데? 의심스러운데?" 그러고는 한참 동안 페미 때문에 세상은 물론이고 드라마판이 망해 가고 있다며 홀로 열변을 토했다. 내가 누구인지에 대해서는 관심조차 없어 보였다. 페미가 무서워서 일을 할 수가 없다며 커뮤니티에서나 볼 법한 근거 없는 비난을 쏟아 내기 바빴다. 성적 대상화가 논란이 되는 이유조차 모르는 사람이었다. 그날 이후 그를 다시 만난 적은 없다.

　　불쾌한 일이긴 하지만 이런 경우는 친구들과 시원하게 뒷담화를 하고 나면 그럭저럭 넘어갈 수도 있었다. 다시 볼 사람이 아니었으니까. 더욱 가관인 것은 나를 걱정하는 척하면서 던지는 말들이다. 내 글은 돈이 되지 않으니 당분간 돈을 바라고 일해서는 안 된다든지 내 주장을 말하면 누구도 나와 일하고 싶어 하지 않을 거라는 말, 아직은 배워야 하는 시기이니 몇 년간은 시키는 대로 쓰라는 말을 당연하다는 듯 내뱉는 사람들이 있었다. 그들은 내가 사소한 의견이라도 내려고 하면 하나같이 손사래를 쳤다.

결과만 보자면 그들과 함께 일을 하진 않았으니 다행이지만 어쩜 그렇게까지 무례할 수 있는지 신기하다. 지속적으로 볼 사이가 아니어서? 내가 아직 신인이라서? 아니면 그들이 원래 그렇게 생겨 먹은 사람들인지도 모르겠다.

그런 말을 듣고도 가만있었던 거냐고 친구들이 대신 화를 내기도 했지만 나는 잠자코 있었다. 황당해서 말문이 막히기도 했고, 그런 사람과 싸워서 뭣 하나 싶기도 했다. 문제는 그런 말들이 잊히지 않은 채 내 속에 차곡차곡 쌓인다는 거였다. 그러다 보면 무례했던 그들이 아니라 무례함 앞에서 가만히 있었던 자신을 욕하게 된다. 그들이 내 소설을 빌미 삼아 나를 판단했던 것처럼 나도 내 글을 판단하게 되는 것이다. 아, 내가 무시당할 만한 글을 쓴 거구나. 아직 멀었구나. 이 과정은 정말이지 천천히, 자연스럽게 일어나기 때문에 한동안 나는 내가 상처 받고 있는 줄도 몰랐다. 오히려 어떻게든 더 나은 사람이 되기 위해, 아니 그렇게 보이기 위해 애썼다. 신기하게도 그럴수록 글에서 조금씩 더 멀어졌다.

작가라는 직업의 매력 중 하나는 내 이야기를 한다는 거다. 내 시선으로 세상을 읽고 글로 옮기는 것. 결국 다 먹고살기 위해 하는 거라는 말을 하면서도 그 일이 주는 의미에 방점이 찍혀 있는 일. 내가 만들어 낸 세계를 누군가 읽어 준다는 사실만으로 기쁨이 되는 일. 그 의미가 점점 옅어지자 내 글에 자신이 없어지고 다른 데 집중하게 되는 악순환의 반복을 하고 있었다. 잘하고 싶은 마음이 너무 커지면 정작 중요한 것을 놓치거나 못하게 된다. 그러자 화가 많아지고 상대의 작은 행동에 나도 모르게 발끈하게 되었다. 최소한의 사회성으로 분노를 꾹 누른 채 버티는 게 나의 최선이었다. 더럽고 치사해도 버티는 게 어른의 사회생활이니까. 어쩌다 달콤한 말을 듣게 되면 그 말에 기대어 온 마음을 걸었다가 다시 상처 받는 식이었다. 도망치고 싶어질 때면 고작 이 정도밖에 못 버티는 거냐고 스스로를 타박했다.

여느 때처럼 잔소리를 한바탕 늘어놓으려 전화를 건 아빠에게 말했다.

"아빠 어떻게 버텼어? 몇십 년간 진짜 힘들었겠다. 고생 많았겠네."

아빠는 한동안 아무 말도 하지 않았다. 잠시 후 약간의 위로 섞인 말을 하고는 전화를 끊었다. 그리고 몇 분 지나지 않아 메시지가 왔다. 너무 힘들면 집에 내려와도 된다고. 혼자서 애써 버틸 필요 없다고. 괜찮다고.

나로서는 처음으로 아빠의 노고를 인정한 말이

었는데, 어쩌면 아빠를 가장 아프게 한 말일지도 모르겠다. 이것 참. 자식은 나이 먹어도 한낱 어린애라더니. 그날의 대화를 아빠가 기억하고 있을지는 모르겠다. 어쨌거나 다 포기하고 집으로 돌아가는 일은 아직 일어나지 않았다. 글이야 어디서든 쓸 수 있는 거지만 지금 도망치면 다시는 쓰지 못하게 될 것 같았다. 휘둘리고 또 휘둘리면서도 계속 쓰고 싶다는 마음이었다. 물론 일말의 자존심도 있었다. 속으로는 걱정을 할지언정 정말 짐을 싸 들고 내려가면 그럴 줄 알았다며 놀릴 것이 분명하다(다 정리하고 집으로 들어가기엔 너무 늦은 나이인 감도 없지 않다……).

다시 글을 마주함으로써 그 지난한 시기를 버텨 왔다고 말하고 싶지만, 신기하게도 사람들 때문에 도망치고 싶었던 것처럼 사람들 때문에 버텼다. 나를 휘두르려는 사람보다 어떻게든 내 중심을 잡아 주려 하는 사람이 많았다. 그 무렵 친구 박팀장이 써 준 메모가 있다.

> 너의 추진력과 끈기,
> 긍정적인 마음과 여유
> 아주 멋져!
> 당분간은 없던 힘도 쥐어짜렴.
> 다 잘될 것이다.

당시 내게는 추진력도 끈기도, 긍정적인 마음과 여유도 없을뿐더러 멋도 없었다. 그럼에도 다 잘될 것이라는 한마디를 전하기 위해, 정말 내게 없었던 힘을 쥐어짤 용기를 주기 위해 써 준 그 마음이 여전히 내겐 남아 있다. 지금도 어떤 힘을 쥐어짜내야 할 때면 메모를 찍어 둔 사진을 들여다본다.

결국 혼자서 이겨 내야 할 일이지만 때로는 타인 덕에 힘을 내기도 한다. 그래서 사람을 너무 미워하지 않게 되었다. 시간이 흘러 함께 글을 쓰는 동료가 생긴 후에는 오직 내게만 일어나는 일이 아니라는 것도 알게 되었다. 글에게 후려침을 당하면서도, 이리저리 휘둘리면서도 꿋꿋이 나아가는 이들을 보게 되었다. 저는 이런 말까지 들어 봤네요, 하고 경쟁 아닌 경쟁을 벌이기도 했다. 그렇게 한참을 떠들고 나면 또다시 각자의 컴퓨터 앞으로 돌아가 글을 쓰고 있을 거라는 것을 안다. 그래서일까. 요즘 나는 무슨 말을 들어도 별 타격이 없다. 그렇군. 또 시작이군. 가끔은 어디까지 하나 보자 싶은 마음도 든다. 비싼 디저트를 왜 자꾸 사 먹느냐는 참견에는 기함하고 말았지만(참고로 안 비쌌다).

## 미완성
## 폴더

———

　고백하자면 나는 정리광이다. 글을 쓰기 전에는 책상부터 치워야 하고, 글을 쓰고 나면 폴더 정리를 해야 하고, 집을 나서기 직전엔 청소를 해야만 한다. 모든 물건이 제자리에 있는 게 좋다. 좀 더 솔직히 말하자면 물건이 어째서 제자리에 있지 않은지 의문을 품는 쪽이다. 물건이 늘어나는 것을 싫어해서 쟁여두지도 않고, 집 안에서도 선입선출은 필수다.

　누군가 내 노트북과 핸드폰 화면을 보고 이렇게 말했다.

　"뭐야, 무서워."

　나로선 무서울 일도 많다 싶지만 무섭다고 하는데 하나도 안 무섭다고 우길 수는 없는 노릇이다. 나 역시 화면을 빽빽이 채운 정리되지 않은 그의 화면을 볼 때마다 학을 떼긴 마찬가지니까. 읽지 않은 메시지는 또 왜 그렇게 많은가……

　　혹자는 무서움을 느끼고 혹자는 놀라움을 느끼는 내 화면에는 아무것도 없다. 폴더는 물론 서류 하나 보이지 않도록 정리를 해야 직성이 풀린다. 한글 문서에서도 글의 내용과는 상관없이 문단 모양이 마음에 들지 않을 때가 많다. 그렇다. 나는 한 글자만 틀려도 책장을 찢어 버리고 새로운 페이지에서 다시 시작하거나 찢긴 모양이 마음에 들지 않아 새 노트를 펼치는 환경 파괴 어린이였다. 지우개도 화이트도 통하지 않았다. 티끌 하나 없는 정갈한 상태를 원했다. 한 학기가 끝날 때쯤이면 다 쓰지도 않은 노트가 잔뜩 나왔는데, 한번은 그걸 다 쓰기 전까진 새 노트를 사 주지 않겠다는 엄마의 말에 한 페이지에 한 글자씩만 쓰는 만행을 저지르기도 했다. 결국 그렇게 쓴 글자를 일일이 지우고 연필 자국까지 남은(!) 일기장을 써야 했다. 인생 첫 시련이었다. 그러고 보면 종이를 낭비하는 게 내 운명인 것 같기도 하다. 태블릿 PC가 나온 것이 어찌나 다행인지.

　　"그럼 파일은 어떻게 찾아? 매번 다 뒤지는 거야?"

　　그럴 리가. 폴더를 화면에서 숨기는 것은 물론이고 세세하게 구분을 해 둔다. 어느 폴더에 어떤 파일이 있는지 굳이 애쓰지 않아도 기억한다. 찾기 버튼 한번 누른 적이 없다(내 기억력을 여기에 다 쓰는 모양이다). 바탕화면에 파일이 보이거나 물건이 제자리에 있지 않다는 건 그때의 내 상태가 좋지 않다는 뜻이다. 내가 나를 놓은 상태. 반면 어려운 일이 있어도 정리가 잘되어 있다면 아직 괜찮구나 한다. 가지런히 정리된 폴더를 보면서 마음의 안정을 느끼는 타입은 아니다. 정신없이 늘어놓은 폴더들을 보면 불안해질 뿐이다. 그런데 깔끔히 정리된 폴더들 사이에서도 내 마음을 짓누르는 하나의 폴더가 있다. 폴더 이름을 보는 것만으로도 세상의 불안감이 모두 모여드는 것 같은, 나의 불안의 총체가 들어 있는 바로 그 폴더!

미완성 폴더다.

말 그대로 미완성 작품들이 모여 있는 곳이다. 작품이라는 거창한 단어를 붙이기도 민망한 미완성 소설들이다. 완성이 되지 않았으니 엄격히 따지자면 소설이라고도 할 수 없다. 그러나 애석하게도 완성된 소설보다 훨씬 많다(발표하지 않은 것까지 쳐도). 그러니까 몇 배더라…… 슬프니까 세지 말자.

이 폴더 안에는 짧게는 원고지 10매 정도부터 길게는 원고지 500매에 이르기까지 다양한 길이의 파일들이 존재한다. 가제가 붙은 것도 있고 가제마저 정하지 못해 무제1, 무제2, 무제3과 같이 파일명을 부여해 둔 것들도 있다. 그러니까 누르지 않고선 내가 무엇을 썼는지도 모르는 글들. 더는 진행될 가능성이 희박하므로 죽을 때까지, 죽어서도 공개될 일 없을 것이다. 노벨 문학상을 받거나 대히트를 치는 스테디셀러 작가가 된다면 모를까. 아무래도 힘들 것 같으니 이대로 사라질 확률이 99퍼센트다. 소재가 바닥나면 언젠가 꺼내 볼 수도 있으니 1퍼센트 정도는 살려 두자(이 책에서 하나 확 공개해? 이렇게 내 얼굴에 내가 침을……).

완성하지 못한 글은 졸작도 못 될뿐더러 훈련조차 되지 않는다는 말이 있다. 글쓰기 실력을 늘리기 위해선 어떻게든 끝을 내야 한다는 거다. 소설가가 되고 싶다면 일단 작품 하나를 완성해 보라고 할 만큼 글쓰기의 기본 중 기본이지만 내게도 핑계는 있다.

첫째, 완성하지 않을 생각으로 시작한 글은 없다는 것. 둘째, 쓰다 보니 시작이 전부인 이야기라는 걸 알게 되었단 것. 그리고 가장 슬픈 셋째, 다음 날 열어 보았을 때 계속 써야겠다는 마음이 들지 않는다는 것. 그렇게 미루고 또 미루다 보면 자연스레 기억 속에서 잊히는 거다. 본인이 쓴 글을 어떻게 잊을 수 있나 싶을지 모르겠지만 어떻게 그럴 수 있나 하는 일들은 늘 일어나기 마련이다.

어쩌다 이토록 미완성 글이 많이 생긴 것일까.

생각해 보면 이 일이 의뢰를 받아야만 하는 일

은 아니기 때문인 것 같다. 청탁이 오는 경우도 있지만 나처럼 유명하지 않은 작가에게 원고 청탁을 하는 일은 드물다. 즉 어떻게든 기한 내에 완성해야만 하는 글이 적은 것이다. 그렇다고 가만히 기다리고 있자니 불안해서 견딜 수가 없다. 수많은 작가들이 바늘구멍이라는 등단에 성공하고도 소리 소문 없이 사라지는 이유 중 하나이기도 하다. 글을 발표하지 못하면 돈을 못 벌고, 돈을 못 벌면 먹고살 수 없다. 설명할 필요조차 없는 자본주의의 진리 아닌가. 고로 떠날 수 없다면 어떻게든 살길을 찾아야만 한다. 나를 찾지 않는다면 내가 찾아가는 수밖에. 문을 두드리는 수밖에. 그렇게 아무도 찾지 않는 글을 어떻게든 써서, 출판할 수밖에 없도록 관계자들을 설득시켜야 한다는 불안감이 밀려오는 것이다. 불안감 속에서 시작한 글이 잘될 리가 있나. 글이란 건축처럼 하나씩 쌓아 나가야 하는 것이거늘. 그렇게 미완성 폴더로 옮기는 굴레가 반복되는 것이다.

"괜히 시간 낭비 에너지 낭비 하지 말고 침착하게 마음을 먹어. 어차피 오래 걸릴 일인데, 넌 마음이 너무 급해."

아빠는 늘 바른말만 해서 내 속을 뒤집는다. 어떻게든 될 놈은 되고, 안 될 일은 안 될 일이니까 안달

복달하지 말라고. 농땡이만 치지 않으면 넌 잘될 거라고. 이거 참, 위로인지 아닌지 모르겠다. 그럴 때마다 "좋은 말씀 감사합니다" 하지 못한다. 좋은 말도 받아먹을 준비가 된 자에게나 통하는 법이다.

"마음먹은 대로 되면 내가 이렇게 살겠냐고!"

툴툴거린 후 전화를 끊어 버리고, 또다시 컴퓨터 앞에 앉아 될지 안 될지 모를 소설을 쓰게 되는 거다.

곁가지로 쓰던 이야기가 갑자기 미친 듯이 재밌게 느껴질 때, 이 작은 아이디어를 크게 발전시켜 보자 마음이 들 때, 친구들과 시시덕거리다가 아니, 이거 소설 될 것 같은데? 하면서 메모장을 켜게 될 때, 한 치의 망설임도 없이 일단 시작하고 본다. 어쩌면 나의 불안은 급한 성미에서 나오는 건지도 모르겠다. 아빠의 말을 인정하고 싶진 않은데. 그러고 보니 급한 성미 때문에 모든 일을 다 말아먹는 이야기를 써 보려고도 했던 것 같은데……

물론 미완성 폴더 안의 이야기가 전부 구린 건 아니다. 아닐 거라 믿고 싶다. 얼마 전엔 500매가량 써 두었던 이야기를 다시 꺼내 읽었다. 이 얘기는 언젠가 쓰겠다며 친구들에게 습관처럼 자주 말하기도 했고, 편집자에게 구상한 것을 들려준 적도 있다. 어쩐지 생각나서 쭉 읽었는데 웬걸, 재밌는 것 아닌가. 완성한 이야기는 구리게만 느껴지는 반면 미완성 이야기는 왜 다 재밌어 보이는 걸까. 다시 제대로 고쳐 보기로 했다. 그렇게 처음부터 수정을 해 나가다가 똑같은 지점에 다다르는 순간 깨달았다. 이 이야기를 미완성 폴더에 넣은 이유를. 중심이 없다. 치명적이다. 상황은 있지만 이 이야기를 하는 이유가, 주인공이 나아갈 방향이 없는 거다…… 며칠을 붙잡고 있었지만 결국 다시 미완성 폴더로 돌아갔다. 제목 옆에 '수정'을 추가한 채로. 이렇게 또다시 파일 하나가 늘었다.

　가끔은 궁금해진다. 나만 미완성 폴더를 가지고 있는 것인지. 다른 작가들도 미완성 폴더 같은 게 하나쯤은 있을지. 완성되지 못할 글을 쓰고도 미련을 버리지 못해 기어코 폴더 하나를 만드는지. 아니면 과감하게 쓰레기통으로 보내는지. 오래전에 죽은 작가들의 미완성 원고가 사후에 발표되는 건 컴퓨터가 아니라 손으로 작업한 탓에 차마 아까워서 버리지 못했기 때문 아닐까. 종이 찢을 힘도 없어 책상 서랍에 처박아 두었다가 깜박 잊어버린 건 아니었을까. 어쩐지 일리가 있는 것 같다. 사후에 나오는 작품이 생전 작품들보다 좋은 경우는 별로 없으니까. 그렇다면…… 그렇게 처박아 둔 원고가 세상에 알려지고 조롱받게 되자 죽은 작가가 되돌아와 자신의 미완성 소설을 발표한 이들을 하나씩 없애기 시작하는데…… 이렇게 시작되는 거다. 미완성 폴더로 들어가는 글들이.

# 첫 번째 책이자
# 세 번째 책

———

*-『망생의 밤』 이야기*


작가가 된 지금도 여전히 궁금한 게 있다.

직업이 뭐예요? 라는 질문에 작가라고 답할 수 있는 건 언제부터일까. 글을 쓰고 있다면 다 작가일까. 스스로를 작가라 소개할 순 있겠지만 나른 이들도 인정해 줄까. 물론 타인의 인정이 전부는 아니지만 직업이라고 하기엔 어딘가 부족한 감이 든다. 더군다나 내겐 헷갈릴 수밖에 없는 이유가 있다.

『펑』이 공모전에서 당선되기 전 이미 소설집 『망생의 밤』을 독립출판 했었기 때문이다. 『망생의 밤』이 나온 지 일 년쯤 지나 『펑』이 출간되었고, 『펑』의 작가 소개란에도 『망생의 밤』을 적었지만 많은 사람들이 나의 데뷔작을 『펑』이라 여긴다. 어쨌든 공모전에 당선된 건 『펑』이니까. 그렇다면 공모전에 당선되기 전 나는 소설가 지망생이었던 걸까. 소설을 쓰고 책까지 냈지만 소설가는 아니었던 걸까. 의아한 마음이 있지만 딱히 연연하는 건 아니다. 상대방이 나의 데뷔작을 『펑』이라 생각하면 『펑』이라고 하고, 『망생의 밤』이라 생각하면 『망생의 밤』이라고 한다. 그럼에도 내 생각을 묻는다면 당연히 『망생의 밤』이 내 데뷔작이라 생각한다. 재출간이 된 후에는 나의 첫 번째 책이자 세 번째 책이 되었다는 생각에 남모를 애정을 품고 있기도 하다.

　　『망생의 밤』을 쓰지 않았더라면 『펑』은 나오지 않았을 거다. 더는 글을 쓰지 않겠다고 결심했을 때 당선 전화를 받았다고 했지만, 사실 『망생의 밤』을 내기 전에도 나는 포기 각을 재고 있었다.
　　　　그때 나는 카페 아르바이트를 하고 있었고, 최종심에 이름이 오르는 가능성의 세계도 지켜웠다. 애매한 재능은 재능이라 할 수 없는 것 같고, 내가 쓰는 글이 영 재미가 없어 보였다. 슬슬 그 세계에서 빠져나와 어떻게 살아야 할지 고민해야 하는 것 아닌가 싶었다. 당연히 책을 낼 생각도 없었다. 그때의 나는 독립출판을 하는 게 어쩐지 회피처럼 느껴졌다. 하지만 늘 그렇듯 인생이 뜻대로 흘러가는 건 아니다.

며칠 동안 같이 지내게 된 오빠가 자투리처럼 써 둔 글을 읽은 것이다. 평소라면 제멋대로 내 글을 보았다는 사실에 난리를 쳤겠지만 재밌다는 말을 하는 바람에 화낼 타이밍을 놓쳐 버렸다. 놀랍게도 그때 오빠가 보낸 문자가 아직도 기억난다.

—나까지 손에 땀 남. 재밌네.

카메라 테스트를 앞두고 얼린 팩을 붙였다가 양 볼에 동상을 입은 기자 지망생의 이야기를 다룬 「한여름의 동상」이라는 단편이었다. 본선 심사평을 제외하곤 처음으로 듣는 타인의 의견이었다. 그때까지만 해도 그 누구에게도 내 글을 보여 준 적이 없었다.

오빠는 버리기 아까우니 독립출판을 해 보라고 했다. 이게 바로 인디 감성이라고. 너 인디 좋아하지 않느냐고. 어차피 망할 거 내 보고 망하는 게 더 낫지 않겠냐고. 틀린 말은 아니었다. 돈도 시간도 노력도 까먹겠지만 제대로 포기할 수 있을 테고, 그동안 고생한 나에게 스스로 선물 하나 정도는 주고 싶었다(나는 정말이지 셀프 선물을 좋아하는 인간이다). 한마디로『망생의 밤』은 내게 마지막 밤 같은 거였다. 그동안의 시간을 정리하는 이별여행 같은 것.

써 두었던 단편에 조금 살을 붙이고, 글을 몇 편 더 추가해서 책을 만들었다. 그때부터 나는 한동안 오빠를 못살게 굴었다. 글을 새로 추가할 때마다

어서 읽으라고 닦달을 했다. 재밌다는 후기를 기대하면서. 마침내 인쇄소에서 책을 받고 동네 책방에 하나씩 입고했다. 소개글을 쓰고 매일 우체국을 드나들면서도 기대는 하지 않았다. 독립출판이 어렵다는 것 정도는 알고 있었으니까. 그런데 오키로북스라는 책방의 인스타그램에 『망생의 밤』소개가 올라왔다. "이 책 물건입니다!"라는 어마어마한 격찬과 함께.

그 한마디로 충분하다고 생각했다. 누군가 내 책을 읽고 감동하고 좋아하고 줄을 긋고 칭찬까지 해 주다니. 게시물이 올라온 지 몇 시간 되지 않아 책이 품절되었고, 다음 날 바로 재입고를 했다. 그렇게 몇 번의 입고를 반복했다. 솔직히 말하자면 다른 서점에서는 그렇게 많이 팔리지 않았다. 오키로북스에서 책이 많이 팔렸던 건 내 책이 훌륭해서가 아니라 내 책을 재밌게 읽어 준 사람의 고마운 마음 덕일 거다. 그 마음 덕분에 『펑』을 썼다. 오래전에 단편으로 써 두었던 이야기를 장편으로 고쳐서 공모전에 제출했다.

글이라는 게 혼자 쓰는 것 같지만 결국 읽어 주는 이가 없다면 의미 없는 일이기도 하다. 읽어 주는 사람들이 나를 움직이게 만들었고, 결국 나를 작가로 만들었다는, 뻔하지만 나로서는 신기하고 묘하게 다가오는 운명 같은 일이다. 하나하나의 책에 작가가 의미를 부여할 수 있다면, 『망생의 밤』은 나를 문 앞으로 떠밀어 준 책이다.

그래서일까. 『망생의 밤』 재출간 제의 메일을 받았을 땐 정말이지 깜짝 놀랐다. 독립출판으로 나온 책이 출판사를 통해 재출간되는 경우가 종종 있긴 하지만 대부분 에세이였고, 출판사에선 대체로 소설을 선호하지 않는다는 말을 듣기도 했기 때문이다. 그것이 사실인지 아닌지는 모르겠으나 판매량을 보면…… 음…… 일리가 있는 것 같다.

나로선 고민할 필요조차 없는 일이었다. 당연히 예스. 일단 벌떡 일어나서 춤 좀 추고, 노래도 좀 부르고, 긍정의 뜻을 담은 답장을 보낸 뒤 출판사와 미팅을 진행했다. 미팅 전까지 혹시 없던 일이 될까 봐 전전긍긍했다. 바란 적 없던 일이었는데 막상 눈앞에 나타나자 한없이 바라게 되는, 오직 그것만 원했던 것 같은, 그런 상태였다. 그래서 미팅을 다녀온 뒤에 자주 후회하곤 한다. 더 여유 있게 굴었어야 하는 건데. 너무 안달 나 보이진 않았을까. 나는 내 책을 좋아해 주는 사람 앞에서 무장해제가 되어 버리기 때문에 내 글이 마음에 들었다는 편집자를 만날 때면 정말이지 어쩔 줄 모르는 상태가 되고 만다. 그나마 요즘에는 될 일은 될 거라고 열심히 최면을 걸고 있지만 쉬운 일은 아니다.

책이 재출간될 무렵 도서전이 열렸고, 막 인쇄되어 나온 책이 출판사 부스에서 처음 공개된다고 했다. 그럴 땐 내가 스타가 아니라는 게 너무너무 아쉽고 너무너무 미안한 마음이 든다. 짠! 하고 나타나 판매를 쭉쭉 올렸다면 얼마나 좋았을까. 이래서 다들 인플루언서가 되고 싶어 하는 건가.

서울국제도서전은 늘 독자로 참석해 왔는데 그 현장에 내 책이 판매되고 있다는 게 신기했다. 유난을 좋아하는 나는 'PRE-RELEASE'라고 적힌 책의 포스터를 한 장 얻어 와 액자까지 해서 집에 걸어 두었다. 내 책 구경도 하고 다른 책도 살 겸 친구들과 함께 슬쩍 들른 거였는데, 마침 내 책을 구매하는 독자분들을 만나 사인까지 하게 되었다.

그때 처음 알았다. 사람 손이 그렇게까지 덜덜 떨릴 수 있다는 걸.

중독자라 오해해 신고를 했어도 이해했을 거다. 손을 탈탈 털고, 한 손으로 손목을 꾹 잡고 겨우 사인을 했지만 그럼에도 손이 떨려서 예쁘게 쓰지 못했다는 사실이 아직도 마음에 걸린다. 그날 도서전 현장에서 나올 때까지 심장이 뛰었던 것 같다. 다음 기회가 있다면 그땐 제가 제대로 멋지게 써 보도록 할게요……

기왕 새롭게 나온 만큼 제대로 홈런을 날렸다

면 좋았을 텐데, 그러지 못해서 조금은 숨고 싶은 마음이 든다. 어느 디렉터는 내게 책이 팔리지 않는 것에 왜 죄책감을 느끼냐면서 쓰는 것만으로 할 일을 끝냈다고 생각해야 이 일을 오래 할 수 있다고 충고해주었지만, 나로선 그래! 작가는 글을 쓰기만 하면 되지! 하고 넘기기가 쉽지 않다. 일말의 책임감이랄까. 그 말을 한 디렉터 역시 그래도 인스타는 열심히 해야지, 하고 덧붙였다. 개성을 살리라는 말도 했고 하나의 브랜드가 되어야 된다고도 했다. 신경 안 쓰는 거 맞냐고 묻고 싶지만, 그래, 마음을 정했다. 이제 내 꿈은 잘 팔리는 작가다. 나도, 나와 함께 일하는 이도, 다 같이 부자가 되면 좋겠다. 자본주의 시대에 승자가 되자! 『망생의 밤』을 쓴 작가에게는 그다지 어울리지 않는 말 같지만, 『망생의 밤』 등장인물이라면 머리에 띠까지 두르고 외칠 것 같기도 하다.

『망생의 밤』에서 내가 가장 좋아하는 이야기는 개정판에 추가한 「귤 따는 춤」이다. 책에서 가장 밝은 이야기이기도 하고, 긴 터널을 빠져나온 뒤에 쓴 이야기라 그렇다. 부귀영화를 누리는 것도, 스타가 된 것도 아니지만 조금은 웃을 수 있게 되었으니까.

망생의 밤-펑-망생의 밤

첫 번째 책이 세 번째 책이 된 건 내게는 큰 의

미다. 두 번의 기회를 가져온 이 책이 좋다. 내가 좋아
하는 게 웃기면서도 좋다. 또다시 내가 할 수 있는 건
다 했다는 생각이 드는 순간이 오더라도 잊지 말자,
내 꿈은 잘 팔리는 작가다.

# 인생도 야구도
# 뚫려 나가는 중

———

*—<리얼 드릴즈 여자 야구단> 뒷이야기*

드라마에 이어 웹소설을 써 보라는 말도 심심찮게 듣게 되었는데, 그때마다 내 대답은 한결같았다.

"DNA가 달라!"

상대방의 반응은 두 가지로 나뉜다.

그래? 뭐가 다른데? 혹시 순수문학만 고수하는 거야? 하는 반응 하나와 왜? 야한 건 쓰기 싫어? 하는 이상한 편견을 기반으로 한 반응이 다른 하나다. 당연히 둘 다 아니다.

웹소설이 야한 것만 있지도 않거니와 신춘문예로 등단한 것도 아닌 내가 순수문학만 고집할 이유가 없다. 무엇보다 내게 글쓰기 원칙이 있다면, 쉽고 재밌게 읽히는 이야기를 쓰고 싶다는 것 하나뿐이다. 나는 그저 글쓰기의 형태를 말한 것뿐이다. 서사를 다룬다는 점에서 같다고 해도 소설과 드라마의 작법이 다르듯 웹소설도 그렇다. 종이책 쓰듯이 웹소설을 썼다간 무료 회차를 절대 벗어나지 못할 거다. 이렇게 설명을 해도 오해하는 사람이 많기에 다른 대답을 궁리했다.

"저도 쓰고 싶네요."

이렇게 말하면 안타깝다는 표정을 보게 되거나 너도 할 수 있다는 응원의 말로 대화가 마무리된다. 실로 깔끔한 마무리다.

성공한 웹소설 작가가 람보르기니를 샀다는 말을 들었을 땐 혹하는 마음도 들었으나 쓴다고 다 되는 것이 아니라는 걸 알기에 나로선 웹소설을 굳이 선택지에 두지 않았다. 메일을 받기 전까진 말이다.

프리미엄 웹소설 플랫폼 '브레드 bread'는 기존 웹소설과 종이책 그 중간의 소설을 추구하는 방향성을 가진 곳으로, 론칭을 앞두고 오리지널 스토리를 받고 싶다는 청탁을 해 왔다. 그동안의 포기 아닌 포기 발언이 무색하게도 나는 단번에 받아들였다.

이번에도 고민하지 않았다. 소설가에게 청탁 의뢰는 귀하디귀한 것이고, 엄청난 문제가 있지 않은 이상 다 하겠다는 게 나의 지론이다. 청탁이 안 와서 문제지, 내가 할 수 있느냐 없느냐는 그다음 문제다. 아니, 어떻게든 해내야 한다. 그렇게 첫 미팅까지만 해도 나는 별다른 긴장을 하지 않았다. 나를 어떻게 알았는지 궁금할 뿐이었다.

"뭘 보고 저랑 같이하고 싶다 생각하신 거예요?"

들뜬 기분이었다. 론칭하는 플랫폼인 만큼 성장, 꿈, 모험, 치유 같은 키워드에 비중을 둔다는 점도 마음에 들었다. 처음엔 200자 원고지 500매 분량의 경장편을 쓰기로 했다. 계약을 하기로 한 뒤 스토리 트리트먼트 대면 미팅을 하게 되었는데, 이 과정 역시 신선하고 한편으론 조금 긴장되는 작업이었다.

전작들은 혼자서 다 쓰고 난 뒤에 출간이 진행된 것이라 집필은 온전히 내 몫이었는데 이번엔 처음부터 편집부와 같이하게 된 것이다. 무슨 일이든 관문으로 생각하는 나로서는 어쩐지 이 테스트를 넘어야만 할 것 같았다.

그때부터 머리를 굴리기 시작했다.

그러니까…… 모바일로 재밌고 편하게 읽을 수 있어야 한다는 거지? 그동안 써 둔 소설을 싹 뒤져 보았지만 마음에 드는 것이 영 없었다. 본격 원고도 아니면서 신경 써야 할 것이 한두 개가 아니었다.

그러니까…… 콘텐츠 연령은 ~15세, 세분화된 타깃 독자를 상대로, 젊은 독자들의 감각을 사로잡을 상상력을 바탕으로 스토리를 쓰라고? 계약서를 쓰고 나니 갑자기 머릿속이 아득해졌다. 그리고 떠오른 단 한 문장.

망했다.


　　나로선 블랙 코미디 계열이라 생각한 『망생의 밤』을 어떤 독자는 너무 뼈아파서 단박에 읽을 수가 없었다고 했고, 『펑』 역시 가벼운 이야기는 아닌지라 일부 관계자들은 내가 어두운 이야기를 쓴다고 생각했다. '무겁고' '깊이를 따진다'고. 그렇게 무겁고 깊게 들어간 적은 없었는데? 내심 반박하면서도 어쩐지 더 깊이 있는 이야기를 제대로 써내야 한다는 강박에 사로잡혀 있을 때였다. 그런데 갑자기 밝고 경쾌한 이야기를 쓰려니 난감했다.

　　미팅에는 두 가지 이야기를 준비해 갔다. 하나는 여자 사회인 야구단 이야기였고, 하나는 유튜버가 권력의 지배하에 있는 가상 세계에서 펼쳐지는 장르물이었다. 너희들이 뭘 좋아하는지 몰라서 다 준비했어,라고 하기에는 선택지가 적다 싶지만. 에디터 두 분이 참석했는데 의견이 갈렸다. 자연스레 최종 선택은 내 몫이 되었다. 주변에도 의견을 물었는데 그마저 딱 반반으로 갈렸다. 고민 끝에 야구단 이야기를 선택했다. 스토리 구상 단계에서의 가제 '홈 플레이트'를 거쳐 제목은 〈리얼 드릴즈 여자 야구단〉이 되었다.

야구단 이야기를 택한 건 야구를 좋아하기도 하고 여자 사회인 야구단 이야기는 희소성이 있다고 판단했기 때문이다. 여자 야구는 프로 리그가 없어서 국가 대표 역시 사회인 야구단에서 활동한다. 그래서 생계를 위한 다른 직업을 대부분 가지고 있다. 이토록 열악한 환경 속에서도 물불 가리지 않고 뛰는 이들이라니! 이거 너무 멋지잖아! 언젠가 사회인 야구단에 들어가고 싶다는 마음이 소설이 되어 나온 거였다. '골 때리는 그녀들'이 흥행했다는 사실도 물론 빼놓을 순 없지만.

결과적으로 이 이야기는 잘되지 않았다. 내부 반응은 좋았지만 플랫폼이 어려움을 겪으면서 결국 빛을 보지 못했다(원고를 마무리하며 확인해 보니 안타깝게도 앱에 접속이 되지 않는다……). 하지만 개인적으로 즐겁게 작업을 한 터라 애정이 듬뿍 담겨 있다. 성공과 애정이 비례하지 않는다는 걸 알려 준 작품이랄까.

초반 작업도 재밌었다. 사회인 야구단인 만큼 야구단 멤버 하나하나 역사와 사연을 만들고 플레이시키고. 다만 나를 당혹스럽게 한 건 적절히 들어가야 하는 야구 룰에 관한 설명도, 인물들의 구구절절한 사연도 아니었다.

웹소설에서 중요한 건 내용만이 아니다. 회차

당 결제인 만큼 전체의 완성도는 물론 각 회차의 구성이 중요하다. 모바일 특성상 장면 위주로 구성해야 하고, 무료로 공개되는 3회 안에 주요 등장인물이 나와 눈길을 사로잡아야 한다. 주인공이 등장하고, 주요 인물을 만나고, 흥미로운 사건이 펼쳐지고. 이 모든 걸 회당 4천 자 내외로 끝내야 한다. 내일은 오직 오늘을 통과한 자에게만 주어진다. 빌드 업을 하면서 결론까지 내야 하는 구성이라니. 웹툰이든 웹소설이든 볼 때는 재밌었는데……

　　기존 소설과 가장 다른 점은 대사의 유무였다. 기존 소설에서는 가능하면 대사를 적게 쓰는 게 좋다는 게 일반적이다. 나는 대사를 적게 쓰는 편이 아니었지만 웹소설에서는 턱없는 수준이었다. 많은 정보를 대사로 전달해야 하고, 그러면서도 설명적이 되어선 안 되고, 지문 대신 작은따옴표를 넣어 대사처럼 생각을 표현해야 했다. 글로 그림을 그리는 기분이었다.

　　가독성을 위해 줄 바꿈이 만연했고, 가능한 한 대사와 지문을 분리해야 했다. 내용 전개도 그렇지만 작법도 낯선 탓에 머릿속이 터질 것만 같았다. 그사이 드라마 작법을 익힌 터라 금세 적응할 줄 알았는데 전혀 다른 세계가 펼쳐졌다. 그러다 보니 초반에는 한 회 분량이 적은데도 쓰는 데 시간이 꽤 걸렸다. 익숙해진 뒤에는 대사의 티키타카 맛을 알게 됐지만.

사회인 야구단을 다룬 만큼 등장인물이 많은데다 스포츠 소설인 만큼 대회 하나쯤은 나가야 하는 터라 초반에 얘기했던 25회 분량을 훌쩍 넘겨 50회 연재가 되어 버렸다. 그렇게 1,400매 정도를 썼다. 이야기가 늘어질까 걱정했지만 브레드에서는 오히려 긴 게 좋다고 해 주어서 다행이었다.

　　한 주에 세 편씩 연재가 되었는데, 초반에는 준비된 원고가 있었지만 중반부를 넘어가면서 그야말로 마감의 압박 속에서 작업했다. 하루 지나면 또 다음 원고를 보내야 했다. 편집부의 확인을 거쳐 올라가기 때문에 매일이 작업하는 기분이었다. 웹소설 작가에 존경심이 들었다. 이걸 일 년 365일 한단 말이지요? 그것도 몇 년씩이나!

　　원고가 올라오면 반응도 살펴야 한다.

　　그렇다. 가장 두려운 것이 남아 있다. 평점. 웹소설은 회마다 별점이 주어진다. 댓글도 댓글이지만, 다음 회차로 넘어가려고 하면 굳이 이렇게 묻는 것이다.

　　별점을 주시겠어요?

　　아…… 그냥 넘어가려다가 꺼 버리면 어쩌려고요…… 그렇게 나는 매번 원고가 올라올 때마다 별점부터 확인했다. 보는 사람은 적었고 몇 안 되는 평점 중에는 내가 스스로 준 별점도 포함되어 있지만. 나는 나의 노고에 10점을 주었다⋯⋯

　　매일의 멘탈 싸움에 익숙해질 무렵 연재가 끝났다. 그 후로 웹 연재를 다시 해 볼 기회는 아직 없었지만, 일회일비 인간에게 나쁘지 않은 경험이었다. 마감의 압박감과 별점으로 평가되는 시스템이 이상하게 자극적이어서 도파민이 돈달까. 이건 마치 소설계의 마라탕? 한번 먹고 나면 당분간 안 먹어도 되겠다 싶지만 어김없이 금세 생각난다. 가끔 장르에 대한 고민을 털어놓는 동료들이 있다. 그럴 때면 나는 일단 시도해 보라고 한다. 절대 맞지 않을 것 같아도 의외의 포인트에서 매력을 느낄 수 있다. 안 맞으면 돌아오면 된다. 이러나저러나 현실에서도 다음 회는 진행되기 마련이니까.

# 이름이
# 필요해

———

    모든 일에는 어려움이 있다. 소설도 마찬가지다. 소설 쓰기의 모든 것을 익히고 글쓰기 수업을 듣는다고 해도 그렇다. 플롯이 중요하고, 첫 문장이 중요하고, 복선이 중요하고, 캐릭터가 중요하고, 관계성이 중요하고, 세계관이 중요하고, 묘사가 중요하고…… 중요한 건 너무 많고, 그중에서 하나라도 놓치면 소설은 와르르 무너질 것 같다.

    그뿐인가. 중요한 걸 바리바리 챙겼다고 해서 좋은 소설이 된다는 보장은 없다. 너무 완벽해서 매력이 없다는 비극을 맞이하게 될지도 모르는 거다. 이 점이 가장 어렵다. 매력이 없는 것만큼 대안을 찾기 힘든 것도 없으니까. '매력을 끌어올릴 비법' 같은 것도 있겠지만 결국 이론은 이론이다. 인생처럼 소설 역시 실전이다. 지름길을 찾기보다는 내 앞에 놓인 일에 최선을 다하는 수밖에.

　소설을 쓸 때 내가 특히 어려워하는 건 다름 아닌 이름 짓기다. 사소한 일 같지만 모든 사소한 일이 그렇듯 이게 진짜 사람을 미치게 만든다. 아직 무르익지 않은 여드름을 보는 기분이다(아무래도 비유도 어렵다고 해야 할 것 같다). 내가 만들어 낸 인물이니 이름도 내 멋대로 지으면 될 것 같지만 그렇지가 않다. 시작부터 딱 붙는 이름이 있는가 하면 끝까지 겉도는 이름도 있다.

　생김새부터 차림새, 행동거지, 가치관까지 세세하게 설정할 수 있지만 이름이 주는 이미지는 너무도 강력해서 인물과 이름이 어울리지 않으면 어쩐지 계속 어색한 느낌이 든다. 현실에서는 이름과 사람 사이의 간극에서 매력이 커지기도 하지만, 머릿속 상상에 의지하는 소설에서는 매력이 반감될 가능성이 높다. 그럴 경우 이름에 특별한 사연을 부여해야 하기 때문에 극을 방해하는 요소가 되기도 한다. 이렇든 저렇든 쉽지 않은 일이다. 그래서 나는 소설을 쓰는 내내 이름 사냥꾼이 된다. 쓰는 동안 몇 번이나 이름을 바꾸기도 해서 종종 헷갈리는 지경에 이르는데, 그럴 때면 그 이름들을 모두 버리는 편을 택한다. 헷갈린다는 건 딱 맞는 이름이 아니라는 거니까.

　도저히 생각나지 않을 때면 작명소라도 가고 싶

어진다. 존재만으로 세상을 지배하는, 영원히 잊히지 않고 사랑받을 수 있는 이름으로 지어 주세요! 그런 이름이 정말 있다면 기꺼이 쌈짓돈을 내줄 수 있을 텐데. 그러나 기껏 지어 준 이름이 영 마음에 들지 않는다면? 전국에 있는 작명소를 다 찾아갈 수는 없는 노릇이니 과감하게 패스. 어떻게든 내가 해결할 일이다.

다른 작가들은 어떻게 이름을 짓고 있을까. 물어볼 수 있으면 묻기도 하고, 그럴 수 없을 땐 소설책을 뒤적거리기도 한다. 지인의 이름을 가져오기도 하고, 인물의 정체성이 고스란히 드러나는 단어를 붙이거나 글자를 조합하기도 하고, 이니셜을 쓰는 경우도 있다. 세 가지 모두 시도해 보았으나 세 가지 모두 내게 맞지 않았다. 지인의 이름을 쓰면 소설 속 인물에게 몰입이 되지 않았고, 성향을 드러내는 이틈을 짓자니 한자 지식이 부족했고, 그래서 한글 이름을 붙이자니 직관적이어서 되레 오글거렸다. 이니셜은 어쩐지 정이 가지 않았다. 희한한 일이다. 다른 사람이 할 때면 아무렇지도 않게 느껴지던 것들이 내가 하는 순간 한없이 이상하게 느껴진다는 게. 아무리 좋은 방법일지라도 내게 맞지 않으면 소용없다. 계속 시도한들 내 것이 아닐 바에는 재빨리 포기하는 게 낫다.

사정이 이렇다 보니 소설을 쓸 때건 쓰지 않을

때건 이름만 보면 환장한다. 좋게 말하면 '이름 수집가' 나쁘게 말하면 '이름 집착러'가 되고 말았다. 이름은 도처에 있다. 식료품을 살 때도 포장 이름부터 살핀다. 마음에 드는 이름을 발견하면 일단 메모장에 적는다. 어쩌다 우편물이 잘못 와도 이름을 보고, 은행에 가서도 담당자 이름을 본다. 해마다 유행하는 이름을 검색하고, 친구 지인들의 이름을 들으며 속으로 조합해 보기도 한다. 이름은 어디든 있으니 개중 참고할 만한 이름도 넘칠 것 같지만 이상하게 그렇지는 않다. 마음에 쏙 들던 이름을 소설 속 인물에게 붙여 주는 순간 빛이 바랠 때도 있다. 수십 개의 이름을 보고 또 봐도 이렇다 할 수확이 없을 땐 계속해서 고민할 수밖에 없다.

소설을 쓰기 전까진 내가 이토록 이름에 집착하는 사람인 줄 몰랐다. 어렸을 때부터 지금까지도 이름보다는 별명으로 불리는 편이어서 오히려 이름에 전혀 관심이 없었다. 친구들은 물론이고 어쩐지 선생님들도 나를 별명으로 불렀고, 집에서 부르는 이름이 따로 있다고 여길 만큼 아빠가 고수하는 별명도 있다. 핑키가 부르는 별명도, 디디나 료리가 부르는 별명도 전부 다르다(핑키 디디 료리 모두 친구다).

평범해서 본명으로 오해받고 있지만 이서현 역시 필명이다. 심지어 엄마가 지어 주었다. 별명으로 불리는 것에 대해 딱히 불만은 없고, 그렇다고 본명이 싫은 것도 아니다. 크게 의미를 두지 않았을 뿐. 애초에 이름이라는 게 내가 지은 것도 아니고 주어진 것이니 누구든 부르고 싶은 대로 부르게 두었다. 다른 사람의 이름을 대할 때도 마찬가지여서 이름으로 누구를 놀렸던 적은 한 번도 없다. 가끔 너무 남자 같다고, 여자 같다고, 촌스럽다고, 흔하다고, 자기 이름에 불만을 가진 사람들에게 그런 거 전혀 신경 쓸 필요 없다는 말을 척척 해 주기도 했다. 그렇게 이름에 무심한 인생을 살고 있었는데, 이름을 지어야 하는 입장이 되자 지독한 관심을 쏟고 있는 거다. 세상에 이름만큼 중요한 게 없다는 듯이.

얼마 전 미술관에 갔다가 쾌재를 불렀다. 전시를 보고 느긋하게 미술관을 둘러보고 있을 때였다. 벽면에 작은 글씨로 수십 명의 이름이 나열되어 있었다. 그 지역 아이들의 특별전이 있었던 거다. 이름에 정신이 팔려 이제 그날의 전시는 기억도 나지 않는다. 이름이 가득 쓰인 패널을 사진으로 찍기 바빴다. 평소엔 사진이 흔들리건 말건 툭툭 찍고 말지만 그때는 초점까지 확인했다.

"여기가 노다지네!"

집으로 돌아와서 사진에 있는 이름을 일일이

타이핑해 '이름 모음' 파일로 옮겨 두었다. 그렇다. 내게는 '이름 모음' 문서가 있다. 이름을 짓다가 막힐 때마다 문서를 열고 이름을 하나씩 읊조려 본다. 어딘가 딱 맞는 이름이 있지 않을까 하고. 고백하자면 그 문서 속 이름은 아직 하나도 쓰지 못했다. 세상 하나뿐인 이름도 아니지만 어쩐지 남의 것을 막 쓰는 기분이 든다. 성과 이름을 이리저리 조합해 보거나 한참 바라보다가 전혀 다른 이름을 생각해 내게 된다. 그렇게 이름을 만들어 내고 나면 비로소 안심한다. 막상 쓰게 되는 이름은 갑자기 툭 떠오른다. 가끔은 소설의 구조를 짤 때보다 이름을 정하는 데 시간을 더 쏟기도 해서 이게 이렇게까지 할 일인가 싶지만 어쩔 수가 없다.

이름에 집착하게 된 것이 인물의 이미지를 좌우하기 때문만은 아닌 것 같다. 소설에서 이름은 평가의 대상이 되지 않는다. 소설을 읽고 개연성이 없어, 매력이 없어, 재미가 없어, 하는 말은 해도 이름이 별로야,라고는 하지 않는다. 나는 평가받지 않는 그것에 공을 들이고 싶다. 단순히 소설 캐릭터가 아니라 생생한 인물로 느껴지기를 바란다. 딱 붙는 이름을 인물에게 주는 것이 내가 찾은 방법이다.

소설 제목을 짓는 것도 힘든 건 마찬가지다. 나

는 초고를 끝내야만 제목이 떠오르는데, 소설의 전부를 내포하면서 한눈에 들어오는 이름이어야 한다고 생각하기 때문에 좀 더 까다롭다. 당연히 더 오래 걸린다. 초고가 끝나기 전까지는 파일명에 늘 '가제'가 붙어 있고, 제목을 결정하고도 마지막 순간에 바꾸기도 한다. 가장 어려워하는 작업인 만큼 가장 많은 에너지를 쏟게 된다. 아직 제목만 지었을 뿐이라고 하는 이들을 보면 신기하다. 어떻게 제목부터 지을 수가 있지! 이런 능력자! 부러움을 감추지 못하게 되는 거다. 그런 점에서 제목이 시작이고 끝이라는 말에 백번 동의한다.

　　예전에는 소설을 쓰면서 늘 불안했다. 제목도 이름도 온전치 않았으니까. 이제는 안다. 끝에 가면 적절한 이름이 떠오른다는 것을. 소설도 역시 끝까지가 봐야 아는 법이다. 초고를 한 차례 끝낸 다음에야 비로소 고칠 부분이 보이는 것처럼. 엉망진창이어도 끝까지 가 보는 것은 나쁘지 않다. 소설이 알려 주었다. 시간 낭비에도 미덕이 존재할 수 있다는 것을.

　　이 책에 등장하는 친구들의 별명을 짓는 데에도 어려움을 겪었던 나는 이번만큼은 조금 다른 방법, 네 별명을 알아서 내놓으라고 협박하는 방법을 택했다. 고로 별명이 조금 이상해도 이해해 주길 바란다. 당사자가 불리고 싶은 대로 쓴 거니까. 아, 박팀장은 예외다. 박팀장이라고 일단 써 뒀다는 말에 그게 무슨 별명이냐고 타박당했으나 박팀장 말고는 적당한 별명이 떠오르지 않는다. 박팀장 미안!

# 직업을
# 잃게 되나요?

———

　—챗GPT 새 버전 나옴. 이번엔 진짜 무서움.

　아침부터 공포의 카톡이다. 나로선 챗GPT보다
아침부터 울리는 진동이 더 무섭다. 자고로 보이지 않
는 미래보다는 당장의 현실이 더 괴로운 법이다. 밤새
잠을 설친 후라면 더더욱. 단톡방이라 바로 답하지 않
아도 된다는 것이 다행이었다. 폰을 멀리 내던지고 다
시 잠을 청했다.

　한숨 더 자고 일어나자 한바탕 근심이 쏟아져
있었다. 누가 누가 더 걱정하나 대결이라도 하는 것
같았다. 반면에 나는 새삼스러운 일인가 싶었다. AI
소설이 나온 지도 벌써 몇 년이 지났다. 할리우드 작
가 파업도 있었고, AI로 쓴 글은 당선이 취소될 수 있
다고 공지하는 곳도 늘어났다. 별일 아니라서가 아니
라 이미 너무도 별일인지라 무감각해졌다고 해야 할

까. 어쨌거나 지금까지와 차원이 다르니 유료 버전을 결제해서 한번 써 보라는 얘기였다. 시대에 뒤쳐질 순 없지, 하며 알겠다고 한 뒤 깜박 잊었다.

주말이 되어서야 아침을 깨운 카톡이 생각났다. 3분 거리에 살고 있는 박팀장과는 특별한 일이 없는 한 주말에 함께 점심을 먹는다. 밥을 먹고 커피를 마시고 가끔은 맥주를 마시고 산책까지 하는 게 우리의 루틴인데 그렇게 주말 오후를 보내다 보면 일주일의 모든 사건을 나누게 된다.

박팀장은 광고기획자답게 트렌드 자판기다. 콘텐츠 중독자이기도 해서 새벽까지 야근을 하고 온 후에도 새로 나온 콘텐츠란 콘텐츠는 전부 챙겨 보는 신비한 능력의 소유자다. 대체 잠은 언제 자는 거니? 너 그러다 쓰러진다,라는 말을 반복하게 하는 친구. 당연히 챗GPT 이야기도 나왔다. 써 보기 귀찮다는 말을 내뱉기도 전에 박팀장이 대뜸 말했다.

"써 봐야지. 나도 쓰는데?"

"진짜?"

"광고회사에서는 이미 많이 써. 결국 사람이 하긴 해도 카피 쭉 뽑아서 거기서 조합하기도 하고."

"어때?"

"좋지. 진짜 잘해. 가끔 사람보다 나아."

공포는커녕 무료해 보이기까지 한 무덤덤한 말투를 듣고 있으니 어쩐지 기분이 묘하다. 박팀장은 유난을 떠는 일이 거의 없다. 모든 일을 있는 그대로, 솔직하고 직설적으로 말하는 게 특기인 자다. 얼굴 표정하나 변하지 않고 뼈아픈 발언을 서슴지 않는 관계로 가끔 얄밉기도 하지만 그래서 좋아한다. 박팀장과 이야기할 때면 모든 게 단순명료해지는 기분이다.

그렇게 한참 동안 챗GPT 이야기를 했다. 종류도 어찌나 많은지 용도에 따라 쓰는 앱이 다르다고 했다. 디자인이든 영상이든 놀랍도록 기가 막힌 결과물을 내놓는다고. 나도 딱히 챗GPT에 대한 거부감이 있는 것은 아니다. 시대의 흐름은 막을 수 없는 법이고, 챗GPT를 이용하는 게 사람이라면 결국 살아남는 것도 챗GPT가 아니라 챗GPT를 잘 이용하는 사람 아닐까. 어떤 입장이든 일단은 써 봐야 하는 거다.

광고나 드라마 작가들이 위기감을 느끼는 것에 비해 문학 쪽에서는 반대의 견해가 아직은 우세한 것 같다. 유료 버전임에도 조잡하다는 의견이 많고, AI가 쓴 소설이 나오긴 했어도 성공한 작품은 없다. 무엇보다 챗GPT의 도움을 받으면 그 아이디어는 공공재가 된다.

챗GPT의 데이터를 이용하게 되는 것이니 내 컴

퓨터 안에만 존재하지 않고 어딘가에서 또 다른 자료로 활용된다. 그리고 가장 논쟁적인 부분, 저작권의 문제도 있다. 아이디어를 넣은 사람의 것일까. 그렇다고 할 수도 있겠지만 글을 쓰는 사람이라면 대부분 동의할 것이다. 아이디어는 아이디어일 뿐이다. 중요하지만 글의 전부라 할 순 없다. 이야기는 기둥이라 할 수 있는 줄거리 외에도 수많은 아이디어의 집합체다.

아이디어 제공의 문제를 차치하더라도 글의 힘은 아이디어를 어떻게 풀어 가느냐에 따라 달라진다. 문장에 따라 구성에 따라 전혀 다른 이야기가 된다. 그 모든 것을 AI가 해냈을 때, 과연 그것을 내 이야기라고 할 수 있을지 의문이 들 수밖에 없다. 한편으로는 통찰이 없는 글을 과연 문학이라 할 수 있는가 따져 보아야 한다. 재미만 있으면 그만이고, 통찰은 읽는 사람의 몫이라 생각한다면 할 말은 없지만.

박팀장에게 챗GPT를 써 보겠다고 장담하고 돌아왔지만 여전히 써 보지 않은 상태다. 타이밍이 기가막히게도, 작가의 보조 역할을 자처하는 AI 글쓰기 앱의 시범 사용을 제안받게 되어서 좋다고 수락해 놓고서도 아직이다. 게으른 탓이다.

물론 아예 써 보지 않은 것은 아니다. 자료 조사를 시켜 볼 작정이었지만 인터넷에 떠도는 정보를 그대로 끌어와서 사실이 아닌 정보까지 그럴싸하게 보여 주는 모습에 실망을 한 터였다. 이따위로 할 거면 때려치워! 그러고는 심심할 때 챗GPT와 말도 안 되는 농담이나 주고받았었다.

지금 쓰고 있는 글을 챗GPT에 넣고 어떤지 물으면 무슨 말을 할까. "이건 에세이가 아닙니다. 다시 작성하세요"라고 하는 것 아닐까. 문득 궁금하다가도 정말 그렇게 말할까 봐 무섭다. 어림없지. 기회조차 주지 말아야지.


할리우드 작가들이 파업할 정도라면 놀라운 기술력을 가졌다는 데 굳이 의문을 품을 필요도 없을 것 같다. 인간보다 나은지, 인간만큼 하는지 판단하는 건 이미 늦은 일일지도 모른다. 기술은 계속해서 발전해 나갈 테고, 이미 누군가는 제작비 앞에 기꺼이 AI를 택하고 있으니까. 얼마 전 모 재연 프로그램에서 AI 배우를 썼다는 기사를 보았다. 그럼에도 나는, 막연한 희망에 불과할지도 모르겠지만, AI가 사람을 온전히 대체할 수 있을 거라 믿진 않는다. 창작자들이 이 골치 아픈 상황에서 모든 걸 내려놓고 AI로만 작품 활동을 하겠다고 선언하지 않는 이상 결국 받아들이는 사람의 몫일 거다. 선택의 갈림길에 섰을 때 사람이 해낸 걸 보고 싶어 하는 독자가, 관객이, 더 많을 거라고 믿는다.

더 이상 읽히지 않을 거란 비관에도 여전히 장편 소설은 출판되고, 가벼운 걸 찾는 시대에도 깊이 있는 작품이 사랑을 받는다. 마음을 울리는 무언가가 가지는 힘은 그것의 완성도뿐만이 아니라 그 뒤에 있는 사람에게서 나오는 거라 믿고 있다. 기술력으로는 지금도 충분히 가능한 일이라지만 하늘을 나는 자동차가 아직 나오지 않은 것처럼, AI가 정복하는 세상은 영원히 미래 사회로 남아 있을지 모른다. 그리고 그 편이 더 재밌다. 상상의 세계만큼 짜릿한 건 없으니까.

문득 궁금해진다. AI가 전멸하는 SF를 써 달라고 하면 AI는 어떤 결과물을 보여 줄까. 벌써 누군가 해 봤을 것 같지만.

언제쯤 진지하게 챗GPT를 써 보게 될지 모르겠다. 이 글이 책으로 나올 즈음에는 저도 한번 써 보긴 했는데요, 하면서 뒷이야기를 풀어낼 수 있다면 좋겠다. 강제로 AI를 써야만 하는 세상에 대한 이야기를 해 보는 건 어떨까. 이것도 이미 있으려나. 그러나 그런 게 있든 말든 굴하지 않고 상상해 보는 것도 인간의 특권일 거다. 나의 인간적인 면모에 스스로 칭찬을……

# 안전지대

———

한동안 엉망진창의 시간을 보냈다.

글을 쓰는 것도 힘들었고, 사람을 만나는 것도 괴로웠다. 스쳐 가는 한마디가 비수로 날아와 꽂혔고, 위로하는 말조차 못마땅하게 들렸다. 잠은 부족하고, 먹고 나면 체한 것처럼 숨이 탁탁 막혔다.

말 그대로 모든 게 싫었다. 우스운 건, 내 입에서 나오는 말들이 날카롭게 변하고 신경이 곤두서는 동안에도 괜찮은 척하기 위해 안간힘을 썼다는 거다. 괜찮은 척이 통하면 괜찮아 보인다는 사실에 또 화가 났다. 일도 관계도 모든 게 엉망이었다. 더는 이렇게 살 수 없을 것 같았다. 내가 무엇을 해야 할지 알 수 없었고, 내가 딛고 있는 세상은 한없이 연약해 보이기만 했다. 이런 상태가 들통나 버릴까 봐 무서웠다.

그 무렵 오랫동안 붙잡고 있던 소설을 거절당했다. 거절보다는 수정 권유였지만 거부당했다는 느낌에 사로잡히고 말았다. 내용이 무겁고, 사건이 나아가지 못한 채 과거에만 맴돌고 있다는 평이었다. 너무 문학적이라는 말을 들었을 땐 그게 대체 뭐가 문제인 건지 이해가 되지 않았다. 피드백을 토대로 고칠 수도 있었겠지만 나는 그냥 그 이야기를 포기했다. 고칠 여력도 없고 자신도 없었다. 결국 다른 이야기를 쓰기로 했지만 영 진도가 나가지 않는 상태였다. 아무것도 하고 싶지 않은 마음과 동시에 초조함이 몰려왔다. 그렇게 금방이라도 푹 꺼져 버릴 것만 같을 때 대학원을 갔다.

삶이 힘들 때면 인생의 난도를 올리곤 한다. 그렇다. 나는 내 무덤 파기를 즐기는 스타일이다. 고통은 고통으로 덮는다. 다소 극단적으로 보일 수도 있지만, 안주하는 상황에서 벗어나야만 해결될 거란 믿음 때문이다. 이유야 어찌 되었건 이 방법은 대체로 통했다.

대학원에 가야겠다는 마음은 오래전부터 먹고 있었다. 이런저런 핑계로 계속 미루고 있었을 뿐. 무엇보다 내 일에 대한 답을 찾고 싶었다.

어떤 이는 내게 너무 문학적인 글을 쓴다고 했고, 어떤 이는 내게 너무 상업적인 글을 쓴다고 했다. 어느 쪽이든 상관없을 만큼 자신이 있었다면 고민할 필요도 없었겠지만, 여기서도 저기서도 받아들여지지 않는 기분이었다. 한 줄 평은 쉽게 말하면서도 구체적인 의견을 들려주는 법은 없었다. 스스로 찾아야 했다. 그 답을 알기 전까진 한 발자국도 움직이지 못할 것 같았으니까. 더는 쓸 수 없을 것 같았으니까. 내가 대체 어떤 글을 쓰고 있는지 나부터 알아야만 했다.

비장한 각오와는 다르게 첫 학기는 어영부영 쫓기듯 보냈다. 일을 병행한다는 이유로 최소한의 학점을 들었고, 심지어 단편 과제는 예전에 써 두었던 소설을 살짝만 고쳐서 내기도 했다. 1학기가 끝날 무렵 결국 일을 정리하기로 했다. 이대로 가다간 원하는 바를 얻지 못할 터였다. 하지만 일을 정리하고 나면 나아질 거란 예상과 달리 나의 상태는 점점 심해졌다. 원하던 수업을 듣고 새로운 소설을 쓰고 공부도 했지만 점점 더 글을 쓰지 못할 것 같다는 불안감만 가중되었다. 더는 괜찮은 척도 하지 못하고 이제 못 쓸 것 같다는 말을 뱉는 지경에 이르렀다. 공모전만 되고 나면, 책만 내고 나면 계속해서 쓸 수 있을 것 같았는데, 나는 내게 기회가 주어지는 것조차 괴로웠다. 제대로 해내지 못할까 봐. 엉망진창인 것 같아서.

상태가 안 좋아지는 것과는 별개로 그토록 궁금했던 답을 하나씩 마주하기 시작했다. 장편 소설 수업의 합평 시간이었다. 교수님의 강평을 듣고서 내 소설이 양극단의 평가를 받아 온 이유를 알게 되었다. 그 고민에 대해 말한 적이 없었는데도 어떤 부분이 어

떻게 보이는지, 어떤 식으로 해결해 나가야 할지 알려
주셨다. 내 소설엔 문학적 요소와 영상적 요소가 비슷
한 비중으로 섞여 있는데, 장면 전환에 있어서 무엇에
포커스를 두는지에 따라 시선이 바뀌고 있다고 했다.
그 점을 고민해 봐야 한다고. 시점에 따라 장점이 될
수도, 단점이 될 수도 있다고.

　　이것만으로도 대학원에 오길 잘했다고 생각했
다. 말 그대로 십 년 묵은 체증이 내려간 기분이었다
(그 후로 대학원을 고민하는 사람이 있으면 적극 추천하고 있
는데, 덕분에 악의 구렁텅이 취급을 받고 있다……). 그러고
나서 글을 술술 쓰게 되었다는 이야기를 하면 좋겠다
만 그렇진 않았다. 여전히 갈팡질팡했다. 또 다른 교
수님은 내게 경계선에 서 있는 거라고, 어느 쪽이든
상관없으니 쓸 수 있는 걸 많이 써 봐, 하셨다. 경계가
무너지는 시대라고. 충분히 잘할 수 있다고. 그렇게 힘
이 되는 말들을 듣게 되었으니 상태가 좋아져야 마땅
한데, 이상하리만치 나는 점점 더 지쳐 갔다.


　　학기가 끝날 무렵 지도 교수님과 면담을 할 기
회가 있었다. 무슨 말이든 마음껏 해도 된다는 말에
나도 모르게 주절주절 늘어놓았다. 대학원 면접 때
교수님은 내게 이미 데뷔를 했는데 왜 대학원에 오려
고 하는 거냐는 질문을 던졌었다. 활동하면서 공부를

할 수 있겠냐고. 그때 나는 굉장히 횡설수설했다. 두서없이 어쩌고저쩌고 열심히 하겠다는 말로 마무리되는 답변이었다. 그날 무슨 말을 했는지 기억도 나지 않는다. 그때의 심정부터 시작해서 일을 하면서 겪은 상황들, 그럴 때 들었던 생각들, 도무지 어쩌지 못하겠는 마음에 대해 아이처럼 늘어놓고 말았다.

"혼자서 많이 무서웠겠다."

가만히 듣고 있던 교수님이 말했다. 나도 모르게 울음이 터지고 말았다. 그때 알았다. 실은 내가 무서워하고 있었다는 걸. 낯선 세계에 들어와서, 불합리하다고 느끼는 상황 속에서도 '이 세계가 원래 그래'라는 말 한마디에 떠밀려 무기력하고 막막했다는 걸. 어렸을 때도 남들 앞에선 울지 않았는데, 자꾸만 눈물이 나오는 걸 멈출 수가 없었다. 그때까지만 해도 나는 힘든 일을 감추려고만 했다. 태연하게, 어른스럽게, 내게 처음인 일도 익숙한 듯 매번 연기를 해 온 터였다. 그 와중에도 티슈를 건네는 교수님에게 농담을 던졌다.

"울리기 있나요. 반칙이에요."

그렇게 울음을 그치고 꾹 참아 보려 했지만 고작 오 분도 버티지 못했다. 더는 뭘 써야 할지 모르겠고, 어쩔 줄을 모르겠다고 털어놓자 이런 답이 돌아왔다. 너무 열심히 해서 그래. 마음이 따라오지 못하는 거야. 네가 네 마음을 좀 기다려 줘. 너한테 잘했다고 해 줘.

그러니까 나는 내가 번아웃을 겪고 있는 줄 몰랐고, 한다고 하는데 만족스러운 결과는 나오지 않았고, 주변에서는 더 열심히 해야 한다는 말만 쏟아졌고, 정작 그렇게 하다 보니 내가 뭘 하고 있는 건지, 제대로 가고 있는 건지 모르겠어서 혼란스러웠다. 알겠는 건 딱 하나, 내게 문제가 있다는 것뿐이었다. 더 열심히, 더 빨리, 더 많이 해야 된다는 생각에 갇혀 채찍질에만 골몰했던 거였다. 그런데 처음으로 누군가 내게 쉬어도 된다는 말을, 충분히 열심히 하고 있다는 말을 해 준 것이다. 그럴 자격이 있으며, 조금 쉰다고 해서 지금껏 쌓아 온 것들이 무너지진 않는다고.

교수님의 솔루션은 어떻게든 휴식을 취하라는 거였다. 마음이 내 속도를 따라올 때까지 멈춰 설 줄도 알아야 스스로를 지킬 수 있다고 했다. 작가는 결국 혼자 하는 일이기 때문에 외로울 수밖에 없지만, 그럴 때마다 같이 가고 있는 동료가 있다는 걸 돌아보면 된다고. 거기에 자신도 있다고. 언제든지 돌아올 곳이 있으니 걱정 말라는 응원까지. 그날 나는 집으로 돌아가면서도 꽤 많이 울었고, 처음으로 안도했다. 오랜만에 편안한 잠을 잤다. 금이 간 땅을 어떻게든 붙여 보려 했으니 늘 전전긍긍이었는데, 그 땅이 무너지면 손을 내밀어 줄 테니 마음 놓고 앉아서 쉬라고 말해 주는 사람이 내게도 생긴 것이다.

교수님의 솔루션에 충실히 따르기로 했다. 아무것도 쓰지 않은 날에도 잘 시간이 되면 자고, 그동안 못 보고 미뤄 둔 콘텐츠들도 보았다. 초조한 마음이 들 때마다 교수님의 말을 떠올렸다. 잠깐 쉬어도 내가 쌓아 온 것들이 사라지진 않는다는 말. 그렇게 쉬다 보니 써야겠다는 생각이 들었다. 신기한 일이었다. 하루라도 쓰지 않으면 영영 내 손을 빠져나갈 것만 같았는데.

눈물의 면담이 있은 후 한 차례의 방학과 그다음 학기가 지나갔다. 지난 일 년과는 비교조차 할 수 없을 만큼 바쁜 학기를 보냈지만 그때처럼 갈팡질팡하며 나를 괴롭히는 일은 없어졌다. 여전히 교수님에게 고민 상담을 하고, 글이 막힐 때마다 조언을 요청하지만 내 글을 조금은 긍정할 수 있게 되었다. 때때로 살얼음판에 서 있는 기분이 들어도 이제는 어떻게든 빠져나올 수 있으리라는 것을 안다. 한 사람이 있을 때와 없을 때의 세계는 같으면서도 전혀 다르다. 이 사실을 한 사람에게서 배웠다.


늘 다정하게 이름을 불러 주는 교수님이 얼마 전 카톡에서 다른 호칭으로 불러 주셨다. 작가 동무. 작가라는 말보다 동무라는 말이 좋았다. 어쩐지 외롭지 않은 기분이라서.

그래서일까. 요즘은 조금 편안해졌다. 동료들을 만날 때에도 긴장감이 줄었다. 내가 생각하는 바를 편안하게 이야기하고 거리낌 없이 피드백을 듣는다. 미팅이 잡히면 살짝 설레기도 한다. 때로는 먼저 도움을 요청하기도 하고, 부당한 요구에 대해 거절도 곧잘 한다. 나는 내 솔직한 감정을 감추는 데 급급하다 탈이 났다. 그래서 말하고 싶었다. 누구든 나와 같은 마음을 겪고 있는 사람이 있다면 괜찮아질 거라고, 언젠가 손을 잡아 줄 사람이 나타날 거라고, 설령 나타나지 않는다 해도 분명 해결책을 찾을 수 있을 거라고. 글의 미덕은 언제나 한 걸음 나아가는 데 있는 법이니까. 그 과정이 조금 볼썽사납더라도 괜찮다. 어쩌면 그 편이 좀 더 재밌을지도 모른다. 정말이다.

2부

자유가 방종이 되는 건 시간문제

# 공부 중이거든요!

---

"할 일 많다면서 하루 종일 놀기만 하네."

"엄마, 놀다니 무슨 소리를 그렇게 섭섭하게 하는 거야? 이게 다 공부야."

당당하게 소리치긴 했다만 찔린다. 당장 노트북 앞에 앉아 집중해야 하건만 영 집중이 되지 않아 TV 앞으로 온 디었다. 딱 한 편만 보겠다고 한 게 어느새 7회였다. 자그마치 일곱 시간 동안 소파에 누워 '한 편만 더!'를 반복해서 외치고 있었던 거다. 여기까지 왔으니 오늘 안에 이 드라마를 끝장내겠다는 다짐과 함께.

"하긴 너한테는 이게 다 공부지. 멋지다 우리 딸!"

곧장 수긍하는 걸로도 모자라 칭찬까지 하는 엄마를 보니 죄책감이 몰려온다. 쾌적한 환경에서 글쓰기에만 집중하겠다며 노트북을 챙겨 들고 본가에 왔지만 사흘간 노트북 앞에 앉은 건 세 시간도 되지 않은 것 같다. 시간이 없다는 말을 외치면서 늘어지도록 자고, 일어나면 먹고, 먹고 나면 다시 잠이 오고, 잠깐 카페도 다녀와야 하고, TV는 뉴스마저 재밌다. 이 지경에 이르자 인풋이라도 쌓겠다며 미뤄 둔 드라마를 튼 것이었다.

모든 일에는 장단이 있는 법. 작가의 일에서 가장 큰 장점이 뭐냐고 묻는다면 자신 있게 말할 수 있다. 딴짓도 재산이 된다.

글이 다듬어지지 않으면 피부라도 다스려 보자고 팩을 하다가 팩 때문에 곤란한 처지가 되면 어쩌지? 생각하며 소재를 얻기도 하고, 인형 뽑기를 하다가 인형 뽑기에 한을 풀어내는 이야기를 떠올리기도 한다. 생각이 막힐 때면 딴짓을 적극적으로 찾기도 한다. 물론 그런 식으로 찾아낸 딴짓은 그저 딴짓으로 끝날 때가 많지만(애써 원하면 결코 내 손에 들어오지 않는다) 그렇다는 것도 해 봤으니 아는 거지, 이게 다 자료 조사다, 공부다 하는 것이다. 그러니까 좀 더 정확하게 말하자면 딴짓도 재산이 된다기보다는 딴짓도 재산이 된다고 우길 수 있다.


딴짓의 대표 주자가 책과 영화와 드라마, 서사가 있는 콘텐츠다. 글이 막히면 책 한 권을 골라 침대로 간다. 그리고 결심한다. 딱 삼십 분만 봐야지.

그렇게 펼쳐 든 책이 재밌으면 정확히 삼십 분 뒤 울리는 알람을 끄고 계속해서 읽는다. 재밌는 책을 중간에 덮는 건 예의가 아니다. 책에 대한 신의를 고작 삼십 분 만에 저버릴 수는 없다. 그렇게 집중력이 흐트러질 때까지 읽는다. 진짜 재밌는 경우라면 결말까지 한 번에 내달리고, 양심상 중간쯤 덮는 책도 있다. 반면에 예상과 달리 재미가 없다면? 책 읽기를 멈추고 다시 컴퓨터 앞으로 가는 것이 아니라 새로운 책을 가져온다. 그렇게 재밌는 책을 발견할 때까지 반복 또 반복이다. 삼십 분만 읽겠다는 건 애초에 공염불이나 다름없다. 어떻게 끝날지 알 수 없는 미완성 원고가 이미 검증을 거쳐 책으로 나온 스토리를 어떻게 이길 수 있겠는가. 그랬다면 컴퓨터 앞을 떠나지도 않았겠지.

재밌는 책을 읽고 나면 양가감정이 든다. 일 년에 한 권도 읽지 않는 사람들이 늘고 있다는 독서 빈곤의 시대에 훌륭한 책이 이토록 넘쳐 나다니, 내가 설 자리가 있긴 한 걸까, 비관적인 감정 하나. 와, 끝내주는 책이다, 나도 이런 책을 쓰고 싶어, 비록 반나절은 날려 먹었지만 다시 의지를 불태워 보겠어, 없던 긍정까지 끌어오는 감정 둘.

하늘 아래 새로운 이야기는 없다는 말을 나는 믿지 않는다. 비슷해 보이는 이야기일지라도 저마다의 방식으로 모든 이야기는 다르다. 마치 사람의 얼굴이 다 다르듯이. 쌍둥이마저도 백 퍼센트 똑같이 생기지 않은 것처럼. 여러모로 버릴 것 하나 없는 딴짓의 시간이지만 책장을 벗어나 바닥까지 쌓여 있는 책을 보면 내 책은 언제 이렇게 팔 수 있을까 약간의 한숨이 나오기도 한다.

　대부분 책 읽기로 딴짓이 끝나는 편이지만 도저히 책이 눈에 들어오지 않을 때가 있다. 그럴 때면 현대인답게 군다. 넷플릭스에 들어가는 거다. 세상이 열광했지만 나는 보지 않은 시리즈를 볼 때도 있지만 대부분은 내가 보고 싶은 것이 나타날 때까지 고른다. 지나치게 자극적이지 않고, 그래도 긴장감은 넘치면서, 유머가 묻어 있는 작품을 좋아한다. 꽤나 까다로운 이 조건을 충족하는 작품은 많지 않다. 요즘 같은 도파민의 시대에는 빵빵 터지는 웃음보다는 단전 아래부터 분노를 끄집어내는 콘텐츠가 대부분이다. 시대의 흐름을 따르자 싶다가도 흐름을 쫓기엔 이미 늦은 것 같다고 생각하며 결국 보고 싶은 것을 본다. 그러다 보니 봤던 것을 볼 때가 더 많다. 이미 봤던 콘텐츠라면 언제든지 끌 수 있어서 좋다.

　새로운 콘텐츠를 선택할 땐 각오가 필요하다. 하루는 물론이고 이틀 사흘을 내다 버리는 결과를 초래할 때도 있다. 시리즈가 4, 5로 이어진다면 끝났다고 볼 수 있다. 신기한 일이다. 원고 쓸 때는 도둑맞은 것 같던 집중력이 어째서 드라마 볼 때는 샘솟는 건지. 이대로 지구가 멸망해도 모를 것 같다. (나쁘지 않은데?)

애석하게도 책도 드라마도 눈에 들어오지 않을 때가 있다. 방을 탈출하고 싶을 때, 집 안의 모든 공기가 어깨를 짓누르는 것만 같을 때면 재빨리 영화관 앱을 켠다. 영화를 예매하고 집을 나선다. 코로나 전까진 영화관을 열심히 다녔다. 대기업 멀티플렉스뿐만 아니라 독립영화관에도 자주 갔다.

대학 시절 연극 아르바이트를 잠시 한 적이 있다. 연극을 한 건 아니고 연극 감독이 한 아름 주는 명함에 일일이 전화를 걸어 연극을 보러 오라고 초청하는 업무였다. 전화를 하는 것도 지치지만 연극 연습이 끝날 때까지 지켜보다가 술자리에 끼는 것이 피곤해서 얼마 지나지 않아 그만두었다. 그때 영화과에 다니는 감독 지망생과 동네가 같아서 종종 지하철을 같이 타곤 했는데 자연스레 영화 이야기를 많이 했다. 그는 내게 영화과 동기들보다 영화를 더 많이 보는 것 같다면서 왜 영화 일을 택하지 않았는지 궁금해했었다. 그야 영화는 내게 유희이기 때문이었다.

그 무렵 인디영화의 붐이 일었다. 이런 이야기

가 있다니! 이런 영상이 있다니! 그때 본 영화들이 지금 하는 창작의 동력이 되어 줄 때도 있다. 그런 점에서 지금도 많이 봐 두어야 십 년 후에 후회하지 않을 것 같다.

따지고 보면 딴짓의 역사는 꽤나 길다.

중학생 때는 시험 기간이면 어김없이 만화방을 갔다. 조금 과장해서 중학교에 다니는 동안 19금을 제외하고 만화방에 있는 만화책은 다 본 것 같다. 만화방 사장님은 나를 무척 반가워했고 서비스도 아낌없이 주었다. 한번 시작하면 끝을 봐야 하는 성격에 엄청난 속독 기술이 뒷받침되어 용돈의 대부분을 만화책 보는 데 썼다. 무협을 꿈꾸다가 순정에 가슴 설레며 온갖 세계를 넘나들면 한 시절이 끝나곤 했다. 만화를 좋아하는 친구와 연습장에 우리들만의 만화를 그리기도 했으나 그 이야기는 끝을 보지 못했다.

고등학생 때는 조금 업그레이드를 했다. 그래도 대학은 가야 했으니 시험 기간이 되면 도서관으로 갔다. 가서 대장정이라는 『토지』를 읽고 『삼국지』를 읽고 교과서에 나오는 소설이란 소설은 다 읽었다. 『잃어버린 시간을 찾아서』도 이때 읽었다. 인터넷 카페에 올라오는 귀여니 소설도 물론 섭렵했다. 그 시절을 함께 보낸 핑키는 내가 웹소설은 못 쓰겠단 말을 할 때면 어김없이 꾸짖는다.

"아니, 넌 할 수 있어. 네 안의 귀여니를 깨워."

대쪽 같은 응원에도 내 안의 귀여니는 깨어나지 않는다……

그렇게 책을 하나씩 독파해 나갈 때마다 시험은 끝이 났다. 가끔 어쩌다 소설을 쓰게 된 건지 묻는 이들이 있다. 그럴 때면 어쩌다 보니 이렇게 되었다고 얼버무렸지만 어쩌면 기나긴 딴짓의 역사 때문인지도 모르겠다. 좀 더 적극적으로 삶에서 도피하기 위해 소설을 쓰게 된 건지도. 그렇게 소설이 삶의 일부가 되자 또 다른 딴짓을 찾는 이상한 궤도를 그리게 되었지만. 여러모로 아이러니한 삶이다.

이렇든 저렇든 충분히 딴짓을 하고 나면 결국 컴퓨터 앞으로 돌아온다. 시험공부를 하기 싫어도 시험은 쳐야 하는 것처럼 돌고 돌아 빈 화면을 마주할 수밖에 없는 것이다. 날려 버린 시간을 생각하면 아깝지만 실컷 딴짓을 하고 난 뒤에는 자, 인풋을 채웠으니 아웃풋을 만들어 볼까, 하고 잠시 근거 없는 자신감을 가질 수 있다. 여기까지 쓰고 나니 갑자기 이 직업이 괜찮아 보인다. 딴짓을 당당히 할 수 있는 삶, 멋지잖아!

엄마의 응원에 힘입어 앉은자리에서 12회까지 정주행했다. 그 주에 내가 유일하게 끝을 낸 일이었다.

# 길티플레저

―――

　박팀장은 남몰래 하이틴 드라마를 즐긴다. 연애는 물론 하이틴이라면 질색할 것 같은 분위기를 풍기지만 넷플릭스에 공개된 하이틴 드라마는 전부 보았다. 새로운 하이틴 드라마가 나오면 콧구멍이 벌렁거린다.

　핑키는 다이소에 가면 정신을 못 차린다. 핑키 집에 갈 때마다 새로운 생활 아이템이 늘어나 있다. 수납함이란 수납함은 다 산 것 같다. 심지어 통화 중에 내가 다이소라고 하면 너의 시간을 존중하겠다며 갑자기 전화를 끊는다. 새로운 다이소가 생기면 관광지라도 되는 듯 찾아간다.

　료리는 절대 싫다면서도 모든 콘텐츠를 섭렵한 가수가 있고(입덕 부정기가 꽤나 오래가는 편), 유형 테스트 같은 것에 전혀 관심 없어 보이는 디디는 틈만 나면 각종 테스트를 보내온다. 그렇다. 누구에게나 길티플레저는 있다. 당연히 나도 있다. 나의 길티플레저를 밝히기 위해 굳이 친구들을 팔아먹은 것이다.

프랜 리보위츠는 다큐 〈도시인처럼〉에서 "길티플레저 따윈 없다"고 했다. 즐거움에 경중은 없기에 플레저만 존재할 뿐 길티는 없다고. 좋은 말이다. 그럼에도 어쩐지 입 밖에 내기 꺼려지는 즐거움이 있는 법이다. 한동안 내가 유튜브에서 가장 많이 본 것은…… 저스틴 비버의 공연 영상이었다. 박팀장 집에 갈 때마다 비버의 영상을 틀어 놓는 바람에 박팀장이 자다가도 비버 노랫소리가 귓가에 울리는 것 같다며 치를 떨 정도였다. 귓가에 비버 노래가 들리면 좋은 거 아닌가? 그러나 비버를 좋아하는 나는 그가 노래도 잘하고 목소리도 좋고 곡들도 하나같이 다 내 스타일이라는 말을 쉽게 꺼내지 못한다. 그에 대한 평가가 지금은 조금 바뀐 것 같지만 여전히 내가 비버를 좋아한다는 걸 아는 사람은 극소수다. 혹시나 해서 하는 말인데, 비버의 영상을 보고서 나에게 보내지는 않았으면 한다. 이미 다 봤기 때문이다…… 그의 패션으로 인한 놀림도 사양하겠다(옷 입는 거 가지고 놀리고 그럼 안 돼). 내가 좋아하는 건 그의 노래, 특히 라이브 공연 영상이다. 냅다 비버 이야기를 했지만 실은 비버가 진짜 나의 길티플레저는 아니기 때문이다. 핑키에게조차 안 봤다고, 이제 끊었다고 말하는 건 다름 아닌 운세 보기다.

딱 들어맞는 운세에 몇 번이고 놀라움을 표했다가 핑키에게 놀림당한 게 한두 번이 아니다. 포털 사이트의 운세는 물론이고 가끔은 운세를 보기 위해 은행 앱에 들어간다. 은행 앱에서 왜 운세 서비스를 제공하는지는 모르겠지만 사주는 기본이고 일 년의 토정비결부터 주간 운세, 오늘의 운세, 타로 뽑기까지 가능하다. 한국인의 종교는 사주라는 우스갯소리가 틀린 말이 아닐지도 모른다.

운세 보기 취미에도 나름의 체계가 있다.

일단 네이버 생년월일 운세로 시작해서 띠별 운세, 별자리 운세까지 본다. 네이버의 운세가 마음에 들지 않으면 다음으로 가서 같은 과정을 반복한다. 그런데도 마음에 안 든다? 은행 앱을 켠다. 여전히 성에 차지 않으면 별자리 운세를 올리는 블로그에 들어간다. 이쯤 되면 운세가 궁금하다기보다 좋은 말을 듣기 위해 운세를 보는 것 같다.

그렇게 여러 개를 읽고 나면 내용도 잘 기억나지 않아서 뭔가 불쾌한 글을 읽었어, 혹은 운세는 분명 좋았는데, 정도의 인상만 남는다. 그러니까 운세를 딱히 믿지는 않는 거다. 애써 찾아볼 만큼 좋아하지만 신봉하는 건 아니다. 새해가 밝으면 늘 재미 삼아 사주를 보는 탓에, 4월부터 분명 좋아질 거라고 했는데! 같은 말을 입에 달고 살긴 하지만.

　　오래전 인턴을 하고 있을 때였다. 함께 일하는 언니를 따라 우연히 사주를 보러 간 적이 있다. 그때까지만 해도 운세에 별 관심이 없었다. 사주 보는 분이 나는 뭘 하든 어딜 가든 잘 먹고 잘 살 팔자라고 딱히 걱정할 일 없다고 했다. 나는 그 말을 철석같이 믿었다. 딱히 걱정할 게 없는 시절이기도 했다. 졸업을 하기도 전에 이름 있는 회사에서 인턴을 하고 있었으니 당연히 잘나갈 일만 남아 있을 줄 알았다. 하지만 인생이 예상대로 흘러갈 리 없다. 사주 선생님의 말씀과는 한참 먼 인생을 살게 되었고, 지망생 생활이 지속되면서 본격적으로 운세에 집착하기 시작했다. 내가 기대하는 문장은 단 한 줄이었다.
　　'기다리던 연락이 옵니다'
　　일 년 365일 공모전 결과를 기다리는 처지였다. 눈에 보이지 않는 희망에 집착할 수밖에 없었다. 포기하고 싶지만 포기가 안 될 때도 사주를 보러 갔다. 차라리 그만하라고 말해 주길 바라면서. 글 따위 내 인생에 없으니 얼른 포기하라는 말을 듣기 위해서. 그러나 소설을 쓰겠다는데 말리지 않았던 가족들처럼 사주에서도 잘 택했다고, 연필을 잡으면 피는 팔자라고 했다. 역시 인생은 이상하게 흐른다.

　　어찌어찌 작가가 되었으니 딱히 틀린 운세도 아니다. 이제는 그 사주가 맞아야만 한다고 여긴다. 연필. 내 인생이 피게 해 줘(컴퓨터로 쓰는 게 문제일까……). 심지어 어마어마하게 성공할 거라고 했다. 나로서는 믿어 볼 수밖에 없다.

　　가장 좋아하는 건 주간 운세다. 오늘의 운세는 너무 짧고 한 달짜리 운세는 너무 길다. 일요일 밤이나 월요일 아침이 되면 다음 주를 계획하며 운세를 본다. 다음 주에는 입조심을 하라 이거지. 구설수가 있을 수 있다고. 오케이, 접수. 입조심. 입조심. 그런데 다음 주엔 사람을 만날 일이 없는데? (다른 운세 클릭) 기회가 찾아오니 자신을 드러내고 다녀야 한다? 말하는 대로 이루어질 거다? (어리둥절)


　　한동안은 21세기 현대인답게 유튜브 타로를 봤다. 영상을 보면서 네 개 혹은 다섯 개의 카드 중에 끌리는 카드를 고르고 해당 번호의 타로 해석을 듣는다. 나도 안다. 같은 카드를 고른 사람들의 운세가 다 똑같다는 건 말이 안 된다는 걸. 그런데 바로 그 재미로 보는 거다. 얼토당토않은 재미.

　　한창 재미를 붙였을 땐 제목에 '타로'가 보이는 영상은 다 눌렀다. 한번은 연애 타로를 보는데, 다음 연애 상대를 묘사해 주는 부분에서 이건 하나의 드라마구나 생각했다. '잘생긴' '몸이 좋은' '나만 보는' '능력자'라니. 드라마 주인공이잖아. 그 유형이 어찌나 다양한지 참고 자료로 써도 될 정도였다.

유튜브 타로야말로 나의 진정한 길티플레저라고 여겼는데, 타로 따위 다신 보지 않겠다고 결심한 일이 생겼다. 역시나 주간 운세를 볼 때였다. 재회의 운이 강하게 들어와 있다는 말을 듣는 순간 즐거움이 팍 식었다. 심지어 '구페이스'가 깊은 후회를 하고 있으며 아직 진심으로 나를 사랑하고 있다고, 인연이 끝나지 않았으니 너무 딱 자르지 말라고 충고를 전했다.

네, 그런 운명이라면 거부하겠습니다. 자고로 운명은 개척해야 하는 것 아니겠어요?

언젠가 점집에서 가장 인기 있는 운세가 재회운이라는 말을 들은 적이 있다. 이별의 고통이 크다는 건 알지만 전 애인과의 재회는 극렬하게 반대하는 나로서는 받아들이기 힘들다. 후회를 하건 말건 상관할 바가 아니다. 일이 잘 풀리지 않을 거라는 말보다, 건강을 조심하라는 말보다도 싫었다. 그렇게 나의 구페이스는 나의 길티플레저도 함께 가져갔다.

그때 알았다. 나의 소신이 분명한 일에는 어떤 말도 통하지 않는다는 것을. 운세를 보고 또 보는 건 불확실한 미래에 대한 걱정 때문이 아니라 스스로 어떻게 행동해야 할지 갈피를 못 잡고 있기 때문이었다. 내 마음을 나도 모르겠으니 다른 누군가나 미지의 영역에라도 기대려는 거였다. 믿지 않는다는 변명을 늘어놓으며 남몰래 운세를 볼 게 아니라 내 마음부터 들여다봐야 했다.

그래도 가끔 운세가 궁금해질 때가 있다. 진짜 용한 점집 한번 가 보고 싶다고, 인생이 대체 어디로 가고 있는지 궁금하지 않느냐고 말하곤 하지만 어디로 갈지 몰라서 재밌기도 하다. 오늘은 죽을 것 같아도 내일은 살맛이 날지 모른다. 그 호기심 때문에 소설에 매력을 느꼈던 것 같기도 하다. 그래서 불안이 깊어질 때면 소설 속 인물을 더 괴롭히게 된다. 자, 이제 운세 따위 상관없이 어떻게 난관을 뚫고 나갈지 보여 줘, 하면서. 소설이, 글을 쓰는 일이 내 인생을 어디로 데려갈지는 여전히 모르겠다. 분명한 건 이러나저러나 이 일을 그만둘 마음이 없다는 거다. 그러니 운세 볼 시간에 한 줄이라도 더 쓰는 게 낫다.

인생에 즐거움이 없으면 일만 붙잡게 된다더니. 다음 주의 할 일에 새로운 길티플레저 찾기를 추가해야겠다. 일단 비버 노래 좀 듣고.

# 빌런이
# 필요해

———

"작가님이 좋은 사람이라는 걸 알았어요."

아, 제가 그리 좋은 사람은 아닌데 그렇게 봐주시니 감사할 따름입니다, 대답하기도 전에 편집자의 다음 말이 이어진다.

"그런데 작가님은 너무 착해요."

한 번도 그렇다고 생각한 적 없던 말에 당황하고 말았다. 그렇다 해도 착하다는 칭찬에 굳이 아닙니다, 전혀 착하지 않고요, 적당히 나쁜 사람이에요,라고 정정할 수도 없는 노릇이다. 한참 대화를 나눈 후에야 알았다. 내게 착하다고 말한 이유가 내 소설에 빌런이 존재하지 않기 때문이라는 것을.

그렇다면…… 인정.

〈리얼 드릴즈 여자 야구단〉을 연재할 때 한 인

물을 좀 더 못되게 그리면 어떻겠느냐는 제안이 있었다. 평소 피드백에 열려 있는 편이라 대부분 수용하는데 그 부분만큼은 내 의견을 고집했다. 갈등을 약화시키는 면이 있기는 해도 〈리얼 드릴즈 여자 야구단〉의 취지에 맞지 않았기 때문이다. 그 이야기를 통해 말하고 싶었던 건 꼭 나쁜 사람이 아닐지라도 때때로 삶은 사람을 비겁하게 만들고 누구든 나약해질 수 있다는 거였다. 최선을 다해도 상황은 엉망이 될 수 있고, 관계는 망가질 수 있다. 그 속에서 한 걸음 나아가는 용기를 보여 주고 싶었다. 편집부에서 결국 내 의견을 존중해 주었고, 나도 의도를 해치지 않는 선에서 최대한 갈등을 키우는 쪽으로 썼다. 그렇게 밉상은 있어도 빌런은 존재하지 않는 소설이 되었다. 더 좋은 소설이 되었는지 확신할 수는 없지만 나로선 만족한다.

내 소설에는 빌런이 거의 없다. 첫 장편에 폭탄을 던진 범인이 나오고 사회악이나 다름없는 캐릭터도 등장하긴 하지만 비중은 극히 적다. 인간성보다는 사회적 현상에 주목한 소설이었다.

뉴스에 나올 법한 희대의 나쁜 놈이 있다는 걸 알지만 사람들 대부분은 적당히 악하고 적당히 선하다고 생각한다. 상황에 따라 빌런 짓을 하는 경우가 있어도 완벽하게 끝까지 악을 유지하는 인간은 많지 않다고 믿는다. 소설 『위대한 개츠비』의 첫 장에 나오는 유명한 구절을 나는 무척 좋아하고, 스스로 잊지 않으려고 한다.

"누군가를 비판하고 싶을 때는 이 점을 기억해 두는 게 좋을 거다. 세상의 모든 사람이 다 너처럼 유리한 입장에 서 있지는 않다는 것을."

〈리얼 드림즈 여자 야구단〉에 빌런이 없는 또 다른 이유도 있다. 그때 나는 정말이지 피곤했다. 내 인생에 가장 많은 빌런이 등장한 시기였고, 뉴스만 봐도 얼굴 찌푸리게 하는 일들이 가득했다. 안 그래도 고단한 세상, 소설에서마저 피로를 느끼고 싶지 않았다. 빌런이 없기 때문에 감정을 몰아세우지 못한다는 건 다시 말해 작품의 긴장도가 떨어지는 일이고, 대중소설에서 그것은 단점일 수밖에 없다. 그걸 알면서도 감수하고자 할 만큼 지쳐 있었다.

한때 나는 인복 하나는 타고났다고 공언할 정도로 좋은 사람들만 만났다. 학창 시절에도 친구들과 그 흔한 말싸움 한번 해 본 적이 없다. 착해서가 아니라 굳이 싸울 일이 없었다. 늘 좋은 게 좋은 거란 태도였고, 괜히 서운하거나 예민해질 때에도 큰 갈등 없이 넘어가곤 했다. 사회생활을 하면서 알았다. 내가 유난히 좋은 사람들만 만난 게 아니라, 피할 수 있는 건 피하자는 신념 아래 최선을 다해 빌런을 피해 왔다는 것을.

걔 별론데? 같은 말을 들어도 난 잘 모르겠던데,라고 하며 굳이 부딪치는 상황을 만들지 않았다. 기껏해야 인사만 하는 정도였다. 인사만 하는 사이에서 얼굴 붉힐 일은 많지 않으니까. 주변에는 다른 좋은 사람들이 있었고, 얼마든지 고개를 돌릴 수 있었다. 현실에서만 그러는 건 아니었다. 소설도 드라마도 꼴 보기 싫은 인물이 나오면 어김없이 건너뛰었다. 소리 없는 아우성을 외치며 책을 덮거나 채널을 돌렸다. 어쩔 수 없이 봐야 할 때면 끊임없이 딴생각을 했다. 날씨나 내일 해야 할 일 같은 것들.

빌런 자체도 싫었지만 빌런이 가져오는 위기가, 그로 인해 주인공의 삶이 위태로워지는 게 싫었다. 그렇게 늘 회피의 길을 택했다. 시간이 지나며 회피하는 버릇은 없어졌지만 속독의 기술이 생겼다. 빌런이 나타나면 눈은 빨라진다. 주인공을 괴롭히는 빌런, 빌런이 만들어 내는 위기에서 비롯되는 부정적인 감정이 내게 전이되기 전에 후다닥 결말로 치닫는 것이다. 문제가 해결되고 비로소 안정을 되찾으면 그제야 흡족한 얼굴로 책을 덮는다. 후, 너무 쪼여서 빨리 읽을 수밖에 없었어.

인생을 담는 게 소설이라지만 애석하게도 인생은 소실과 다르다. 피하려야 피할 수가 없는 게 빌런이

다. 현실 속 빌런을 대하는 나의 태도는 늘 우호적이었다. 함께 일하는 사이가 아닐지라도 굳이 나쁜 인상을 남길 필요는 없으니까. 세상일이 어떻게 될지 모르고 언제 다시 만나게 될지 모르니까. 빌런들은 대부분 호사가이기까지 해서 괜히 입방아에 오르고 싶지도 않았다. 그렇게 내 인생에 빌런이 하나둘 늘고 있었다. 견디고 견디다 보면 좋은 날이 오기는 개뿔 점점 더 강력한 빌런이 나타난다. 내 인생 최악의 빌런도 그즈음 나타났다.

그런 말이 있다. 무서울 정도로 빠른 속도로 다가오는 인연, 놀랍도록 끌리는 사람은 악연일 확률이 높다고. 그는 내 무너진 자존감을 끌어올리기 위해 나타난 사람 같았다. 온 신경을 곤두세워 나에 대해 파악했고, 조금이라도 맞는 구석이 보이면 아이처럼 좋아했다. 정말이지 내가 뭐라도 되는 것처럼 느껴지도록 대했다. 문제는 그 시간이 너무 짧았다는 거다.

장점은 곧 단점이 된다. 언제부턴가 그는 나의 모든 말과 행동을 하나씩 뜯어보며 판단하기 바빴다. 그가 내린 판단은 늘 오해를 동반한 터라 나는 내가 오해를 만든 건 아닌지 몇 번이나 확인하게 되었다. 내가 말을 이상하게 해? 내 행동이 이상했어? 끊임없이 친구들에게 물었다. 그렇게 나 자신의 모든 것을 의심하기 시작하면서 글을 쓰는 것마저 힘들어졌다.

내 생각이 전부 이상한 것처럼 느껴졌으니까. 그 무렵 친구들로부터 가장 많이 들었던 건 왜 안 하던 짓을 해, 너도 아닌 거 알잖아, 걘 네 인생에 도움이 되는 사람이 아니야, 정신 차려, 하는 말들이었다.

어떻게든 잘해 보려고, 좋게 해결해 보려고 끊임없이 패자부활전을 벌였지만 그럴수록 상처만 커지는 기분이었다. 그는 어김없이 내게 생각이 많은 것 같다고, 좀 가벼워지라고 했다. 두 손 들고 더는 못 하겠다고 할 때마다 그는 기어코 새로운 시작을 만들어 냈다. 흔한 이야기다. 버티고 버티다 서로의 바닥을 보고 끝이 났다.

그 후 소설을 하나 썼다. 그 소설은 초고가 완성된 동시에 휴지통으로 향했다. 미완성 폴더에도 들어가지 못한 휴지통 소설이다. 애초에 세상에 내놓을 마음도 없었다. 사생활이 고스란히 담겨 있기 때문이기도 했지만 지난 시간을 되짚다 보니 알았다. 그가 최악의 빌런이 된 건 그를 결코 빌런으로 인정하고 싶지 않았던 내 마음 때문이기도 하다는 것을. 최악의 빌런이 되기 전에 그를 제대로 마주했다면 여기까지 오진 않았을 거였다. 무너진 자존감을 타인에게서 채우려 했던 것이 문제였을지 모른다. 최악의 빌런은 어쩌면 그가 아니라 나였다고. 그렇게 처음으로 빌런을 마주하고, 떠나보냈다.

인생의 빌런에게 안녕을 고한 순간 이제는 빌런을 탄생시킬 수도 있겠다는 생각을 했다. 소설에 빌런을 등장시키고, 마주하고, 물리칠 용기가 생긴 것 같았다. 소설이든 인생이든 빌런을 없앨 수 있는 방법은 없다. 뒤돌아 도망가는 식으로는 아무것도 해결되지 않는다. 정면으로 대응하고 사건을 뚫고 나아가야만 사라진다. 빌런은 하나의 관문일 뿐이다. 때때로 방법은 기술적인 문제가 아닐지 모른다. 한 걸음 나서는 용기에 달린 일인지도 모르겠다. 빌런을 없앨 수 있다면 당연히 빌런을 만들 수도 있다. 그 간단한 사실을 모르고 있었다.

그때 그 편집자를 다시 만나면 자신 있게 말할 것이다.

저, 이제 빌런 완전 가능합니다.

## 마감엔
## 정크지

———

소설가가 되는 것보다 오래 품고 있던 꿈이 있다. 인생의 목표 중 하나다. 사람은 자신에게 없는 것을 깊이 원하는 법이다.

나는 늘 잘 챙겨 먹는 사람이 부러웠다. 식사 시간이 되면 당연한 듯 정갈한 밥상을 차려 먹고, 식탁에서 계절의 변화를 느끼는 사람. 힘든 하루도 맛있는 음식 하나로 툭툭 떨쳐 낼 수 있는 사람. 유난을 떨지 않고도 먹는 기쁨을 소중하게 여기는 사람. 그러나 원할수록 멀어졌다. 밥을 차려 먹는 게 내게는 너무 힘든 일이고, 그럼에도 로망은 쉬이 사라지지 않는 법이라 틈만 나면 오늘부터 제대로 챙겨 먹겠다는 말을 남발하지만 늘 대충 때우고 마는 것이다. 오늘도 실패!

다짐 중독자답게 실패 여부와 상관없이 똑같은

다짐을 매일 반복하지만 그조차 하지 않는 시기가 있다. 모든 일상이 멈춰 버리고, 계속 이렇게 살 순 없다는 후회와 한탄만 되풀이하는 시기, 바로 마감이다.

"글은 마감이 쓰는 거지."

비록 한 글자도 쓰지 못했더라도 우리에겐 마감이 있다. 발등에 불이 떨어지면 막혔던 생각도 마법처럼 뚫린다. 마감 요정의 강림이랄까. 퀄리티는 장담할 수 없다만 어떻게든 완성은 한다. 애석하게도 마감 요정은 혼자 오지 않는다. 어김없이 '내 글 구려' 병과 함께 찾아오는데, 그 바람에 기존에 썼던 글을 기어코 뒤집어엎고 만다. 엎는다고 마감이 미뤄지는 것은 아니므로 더 절절하게 마감 요정에게 매달리게 된다. 마감 요정의 강림은 일종의 은총이나 다름없어서, 온 힘을 다해 모셔야만 한다. 고로 책상 앞을 쉬이 벗어나선 안 된다. 지금 밥이 넘어가니? 같은 말을 스스로 하게 되는 거다. 시시각각 밥을 챙겨 먹었는지 확인하는 핑키의 잔소리도 들리지 않는다. 평소에는 쉴 새 없이 군것질을 찾으면서도 마감만 되면 정말이지 입맛이 뚝 떨어진다. 딱히 배가 고프지도 않다.

주변 동료들을 보면 마감의 스트레스 앞에 대체로 두 부류로 나뉘는 것 같다. 나처럼 먹지 않거나, 끊임없이 먹거나. 글이든 뭐든 다 먹고살자고 하는 일이라 한다면 단연 후자가 현명해 보인다. 자고로 한국인은 밥심 아닌가. 그 편이 건강에도 좋다. 어찌 보면 전자는 행복을 얻기 위해 고통을 감수해 내는 자학의 한 종류일 수도 있겠다. 얼마 전 디디가 보낸 유형 테스트에서 '자학하는 스타일'이라는 문장을 본 것 같기도 하다. 자학이라니. 어쩐지 절대 인정하고 싶지 않다.

먹지 않는다고 해서 아무것도 안 먹는 건 아니다. 쉬지 않고 커피를 들이켜거나(어쩐지 더 좋지 않은 것 같기도), 아메리카노만 마시기엔 속이 쓰리니 바닐라 라떼도 마신다(역시나 더 좋지 않은 것 같다). 마감을 준비하는 자세로 일어나자마자 요거트에 그래놀라를 먹을 때도 있다. 당이 빠져선 안 되므로 꿀을 잔뜩 넣는다. 그마저 귀찮으면 코코볼을 먹는다(더 맛있기도 하다). 하지만 일단 책상 앞에 앉으면 먹는 일은 뒷전이 된다. 계란이라도 삶아 먹으라며 핑키가 계란 삶는 기계까지 사 주었지만 어쩐지 기계에 계란을 넣는 것조차 귀찮다. 과일을 갈아 마셔 보기도 했지만 설거지가 쌓이는 게 거슬려서 마감 땐 적당하지 않은 것 같다. 힘이 하나도 없어질 때쯤이면 영양제 통을 연다. 엄마가 시시때때로 보내 주는 다양한 영양제가 가득 담긴 커다란 통. 비타민부터 유산균, 마그네슘, 콜라겐, 아르기닌, 그 밖의 이름 모를 영양제들을 종류별로 하나씩 다 꺼내 먹는다. 이 정도면 원고 마감하다 인생

마감하는 일은 없겠지. 재미도 없는 농담을 혼자 읊조리며. 영양제가 불규칙한 식생활에 한 줄기 빛이 되는 건 사실이지만 영양제가 간 건강을 해친다는 말도 있다. 그럼에도 부스터를 넣어야 한다며 고함량 비타민 뚜껑을 열곤 하는 것이다.

이번만큼은 달라지겠다며 장을 보기로 했다. 제대로 된 집밥을 차려 먹자고 욕심을 냈다간 어김없이 실패하고 말 테니 간단한 것들 위주로 담는다. 간소한 마감식이랄까. 커피 캡슐, 요거트와 그래놀라, 코코볼까지 장바구니에 넣고 나면 잠시 멍해진다. 한때는 끼니마다 국을 끓였는데 이제는 엄두도 나지 않는다. 그 대신 일주일 치 샐러드와 방울토마토를 추가한다. 냉동 만두도. 반찬은 고민하다가 생략했다. 그래도 두부 정도는 한번 사 볼까? 그렇게 주문을 마치고 장보기를 끝냈다.

사전 준비가 끝났으니 이제 잘 먹고 잘 쓰기만 하면 된다. 이야말로 단순해서 아름다운 삶 아닌가. 그러나 중요한 사실을 간과하고 말았다. 마감이 오면 냉장고 문조차 열기 싫어지므로 주방 쪽으로는 시선도 주지 않는다. 텅 빈 페이지가 나를 빤히 노려보고 있는데 어찌 감히 고개를 돌리겠는가. 괜히 한눈팔았다가 마감 요정이 냉큼 달아나면 어쩌나. 결국 실패 경험만 한 차례 늘었다. 먹어야 한다는 압박 속에 괜히 신경만 더 곤두섰다. 기껏 주문한 식료품들 가운데 오직 커피 캡슐만 축내다가, 바닐라 라떼를 사기 위해 간 카페에서 케이크 한 조각씩을 꼬박꼬박 함께 포장해 왔다. 실은 그런 식으로 야금야금 칼로리를 채웠으므로 배가 고프지 않은 거였다.

우여곡절 끝에 마감을 치르고 나면 급속도로 허기가 진다. 그럼 나는 모자를 눌러쓰고 곧장 햄버거 가게로 간다. 광고 카피 같은 나만의 슬로건을 외치며.

"마감 후엔 정크지!"

피곤하면 햄버거가 당긴다. 원고 메일을 보내고 나면 그때부터 머릿속에 햄버거가 둥둥 떠다닌다. 제대로 된 한 끼를 먹고 싶다는 평상시의 소망도 사라진다. 그렇게 햄버거 세트를 먹고 나면 비로소 마감을 했다는 기분이 든다. 이번 마감도 무사히 끝냈군. 할 일을 했다는 뿌듯함이 햄버거만큼의 포만감과 함께 찾아온다. 료리는 햄버거야말로 완벽한 탄단지라고 했다. 아무리 생각해도 마감 후의 식사로 완벽한 것 같다.

이 글을 쓰는 지금, 내 옆에는 이미 해치운 블루베리 케이크 상자가 놓여 있다. 동시에 머릿속으로 이번엔 무슨 햄버거를 머을지 고민 중이다. 시간이 늦었으니 치즈버거가 좋겠지? 치즈 한 장 추가는 필수, 감자튀김은 라지 사이즈로. 마감 때 안 먹는다는 말은 앞으로 그만해야겠다. 잘 차린 밥상이 아닐 뿐 사실 아주 잘 먹습니다. 몸에 안 좋은 걸 먹는 대신 글이 좋아질 거란 믿음으로. 그래야 균형이 맞으니까요.

조사의
늪

———

마음의 준비가 필요하다.

심호흡 한 번. 유난 한 번. 결국 참다못한 가봉이 말한다.

"언니, 그냥 보내요. 하지 오빠 프로야. 대답 잘해 줄 거야."

"난 하지를 걱정하는 게 아니야. 나를 걱정하는 거지."

"ㅋㅋㅋ 그냥 지금 보내."

누가 보면 썸이라도 타는 줄 알겠다. 오랫동안 짝사랑하는 이에게 선톡을 할까 말까 고민하는 모양새잖아 이거. 차라리 그 편이 쉬울 것 같다. 툭 찔러보고서 우린 인연이 아니군, 하고 돌아서면 되니까.

작가가 된 후 도무지 익숙해지지 않는 일이 몇 가지 있는데 취재가 그중 하나다. 간혹 취재를 어떻게 하는지 질문을 받곤 하는데, 이론적인 부분이라면 시중에 나와 있는 책이란 책은 다 뒤져서 찾아낸다. 인터넷 검색으로 나오는 정보를 온전히 믿지 못하는 아날로그형 인간이다. 그 많은 책을 언제 다 읽고 있냐며 비효율적으로 보는 사람도 있지만 나는 이 과정이 가장 재밌다. 단 한 줄도 써먹지 못하는 경우가 대부분이라도 머릿속에서 체계가 잡힐뿐더러 책을 한 권씩 독파하다 보면 뿌듯한 마음이 들기도 한다. 한 줄도 쓰지 않았지만 어쩐지 소설이 내 손안에 있는 기분이랄까.

어려운 부분은 역시나 실전에 있다. 사람의 입으로 듣지 않으면 알 수 없는 일들. 상상에 맡길 수도 있지만 현실 고증이 빠지면 그만큼 이야기가 허술해지므로 전문가에게 검수를 받는다. 일면식도 없는 사이지만 메일을 보내거나 직접 찾아가는 용감한 이들도 있지만 나는 주로 주변 인맥을 이용하는 편이다. 전에 친구가 경찰이라고 하지 않았어? 사촌 동생이 간호사라고 했던가? 그렇다는 대답이 나오면 조심스레 부탁하는 것이다. 혹시 내가 몇 가지 물어봐도 괜찮을까……?

취재를 하다 보면 알게 된다. 세상은 아직 따뜻하다. 조금이라도 더 세세하게, 하나라도 더 알려 주려고 하는 친절을 대할 때마다 인류애가 충전된다. 그럼에도 부탁 자체를 어려워하는 성격 탓에 늘 쩔쩔맨다. 하지의 경우엔 조금 다른 이유로 어려웠다.

한 학번 선배인 하지와는 아는 사이라고 해야 할지 모르는 사이라고 해야 할지 고민되는 사이다. 가봉과는 꽤 친한 것 같지만 나로서는 대학 졸업 후 단 한 번도 연락을 한 적이 없다. 대학을 다닐 때에도 인사나 할 뿐 별다른 교류가 없는 사이였다. 하지만 성우라는 직업을 가진 이를 찾는 건 결코 쉬운 일이 아니다. 아쉬운 쪽이 움직일 수밖에 없다. 낯가림 따위. 나는 프로다. 그렇게 자기 최면을 잔뜩 걸고서야 겨우 가봉을 통해 하지에게 인터뷰를 해 줄 수 있는지 물은 터였다. 마치 거절을 기다리는 사람처럼 거절해도 괜찮다는 말을 몇 번이고 강조하면서. 그래서 기꺼이, 얼마든지 해 줄 테니 연락하라는 하지의 답변과 함께 연락처를 받고 나서는 어쩐지 무섭기까지 했다.

극외향인인 하지는 연락을 하자마자 이게 누구냐며 반갑게 인사하더니 당일 인터뷰도 가능하다고 했다.

"미안. 오늘은 내가 안 돼."

그렇게 부탁을 하는 쪽에서 거절하는 촌극이 벌어졌다. 심지어 나는 낯을 가린다고 선포까지 했나……

약속을 정한 후 며칠 동안 긴장 속에 살았다. 내향인으로서 외향인을 대하는 자세이기도 했지만, 소설이 완성되기 전에 인터뷰를 하는 건 이번이 처음이었다. 보통은 글을 다 써 둔 후에 확인차 인터뷰를 진행했는데 이번 소설은 기획 단계에서부터 제대로 잡고 갈 생각이었다. 이전과는 다른 방식을 시도해 보고 싶었다. 머릿속이 아니라 실제 세계에 두 발을 딱 디디고서 상상의 나래를 펼치고 싶었다. 그러기 위해서는 말 그대로 목소리가 필요했다. 다만 인터뷰가 성공적이려면 정확하고 상세한 질문이 필요한 법이고, 그러자면 구체적인 상황이 그려져 있어야 하는데, 아직 그렇지 못한 탓에 걱정이 클 수밖에 없었다.

다행히 하지는 인터뷰에 호의적이었다. 공백의 세월에도 불구하고 마치 어제 만난 사람처럼 편하게 대해 주었다. 어색한 점이 있다면 8년 차 성우인 그의 목소리가 내 기억과는 너무 다르다는 것뿐이었다.

"뭐든지 물어봐. 가감 없이 얘기해 줄 테니까."

하지는 정말이지 열정적으로 이야기를 들려주었다. 중간중간 내가 밥도 좀 먹으라며 흐름을 끊어 주어야 할 정도였다. 소설이든 영화든 예상 밖의 전개가 재밌듯이 인터뷰가 예상과 다르게 흘러가자 내가 느끼는 흥미 지수도 높아졌다. 인터넷으로 찾아본 것과는 전혀 다른 세계가 펼쳐졌고, 머릿속에 그려 놓앉던 세계는 하지가 말을 할 때마다 금이 쫙쫙 가서 새롭게 재조립되었다. 그다음 스케줄이 없었다면 밤새도록 하지의 이야기를 들을 수도 있을 것 같았다.

자세한 이야기는 다음에! 우리는 프로 만담꾼과 같은 자세로 헤어졌다. 언제든지 마음껏 물어보라는 말을 곧이곧대로 받아들인 나는(말 한마디가 이렇게 무섭다) 틈만 나면 하지를 괴롭혔다.


세상엔 두 부류의 직업인이 있다. 프로 의식이 일상까지 점령해 버린 부류와 공사 구분이 칼 같은 부류. 나는 완벽한 후자였다. 내가 평소에는 맞춤법 파괴는 물론이거니와 인과 관계를 무시한 실없는 대화를 즐기다가도 모니터 앞에 앉으면 진지해지는 타입이라면 하지는 완벽한 전자였다.

한 가지 질문을 던지면 잠깐만, 하는 메시지와 함께 잠시 후 녹음 파일이 날아왔다. 그가 보내온 건 홈 레코드 파일로, 잡음 하나 없이 선명한 목소리가 담겨 있었다. 성우라면 하나쯤 집에 갖추고 있다는 장비로 녹음한 거였다. 짧든 길든 기승전결을 갖춘 답변에 감탄만 나왔다. 녹음 파일이 쌓여 가면서 내가 구상한 인물은 전혀 다른 캐릭터가 되었다. 정형화된 캐릭터였던 것이 지금은 어디로 튈지 모르는 살아 있는 인물 같다. 이게 장점이 될지 단점이 될지는 잘 모르겠다. 끝까지 캐릭터가 유지될지도 알 수 없지만, 그저 얼마든지 써먹어도 된다고 허락해 준 하지에게 고마울 따름이다. 심지어 이 글에 본명을 써도 좋다고 했지만 통일성을 해친다는 이유로 별명을 넣겠다고 내 쪽에서 통보했다. 이쯤 되면 그에게 작가란 족속들은 이상한 것 같다고 편견을 심어 주었다 해도 할 말이 없다.

자료 조사는 순탄하게 흘러갔지만 한 가지 문제점이 있었다. 자료 조사가 너무 재밌다는 거였다. 취재는 글을 쓰기 위해서 하는 것이고, 대부분의 자료 조사가 그렇듯 그중 90%는 버려진다. 분위기를 참고하고 특정 사실을 인용할 수는 있으나 자료 조사 내용을 고스란히 옮겼다간 소설이 소설 아닌 게 되고 드라마가 드라마 아닌 게 된다. 자료 조사의 흔적을 최대한 빼는 작업을 거쳐야 했다. 그런데 이야기를 듣다 보면 궁금증이 꼬리에 꼬리를 물고 이어지는 바람에 어쩐지 이야기의 끝을 본 기분이 들었다. 무엇을 하겠다는 결심만으로도 인간의 뇌는 그것을 해냈다고 취급한다는 말이 떠올랐다.

어쩌면 나도 성우에 도전해 보는 게 좋겠다, 싶은 마음이 들 즈음 인터뷰는 그만하고 소설을 써야겠다고 생각했다. 여러모로 얻을 게 많았던 인터뷰에서 가장 놀라웠던 건 날것의 세계가 캐릭터를 바꿔 나가는 과정도, 처음 마주한 성우라는 세계도 아니었다. 직업군을 조사하다 보면 알게 된다. 그 어떤 직업에도 빛나는 부분이 있다는 것을. 먹고살기 위한 노동을 넘어서는 가치가 어디에나 존재한다. 바로 그 때문에 특정 직업에 대한 이야기가 늘 재밌는 거겠지. 그럼에도 자신의 직업을 사랑하고 온전히 즐기고 있는 이를 내 눈으로 목격한 건 실로 오랜만이었다.

"직업 만족도가 엄청 높은 것 같아."

"난 솔직히 좋아."

그 순간 하지의 눈빛이 어린아이처럼 반짝였다. 거짓이라고는 티끌만큼도 보이지 않는 담백한 대답이었다. 그게 아니라면 엄청난 거짓말 능력의 소유자일 거다(소설가란 늘 반전을 떠올리는 법이다). 이런 것까지 묻는다고? 싶을 만한 질문에도 성의껏 답해 주는 것을 보면서 자신의 직업을 정말 사랑하는 사람만이 할 수 있는 일이라 생각했다. 못난 후배에게 친절을 베푸는 면도 없지 않았겠지만. 하지는 자신의 일에 대한 사랑을 숨기지 않고, 조금은 초라해 보일지 모르는 과거의 경력을 숨기는 법도 없고, 아직은 손에 닿지 않는 현재의 꿈을 말하는 데도 거침없었다. 그가 부러워졌다.

나도 내 일을 좋아한다. 이러니저러니 해도 글

을 쓰는 것보다 재밌는 일을 찾지 못했다. 글쓰기가 가져다주는 고통 앞에 역시 글을 쓰는 게 아니었어,라는 말을 숱하게 내뱉으면서도 다시는 글을 쓰지 못하게 될까 봐 무섭다. 그럼에도 내 일을 좋아한다고 말하는 건 어쩐지 민망하다. 이유는 잘 모르겠다. 좋다고 말하면 기다렸다는 듯 나쁜 일이 벌어질까 걱정이 되는 건지, 좋아하는 것에 비해 결과가 부족하다고 여기는 건지. 자료 조사를 끝내고 소설을 쓰기 시작하자 그런 게 다 무슨 상관인가, 싶어지긴 했지만.

# 주말이
# 없는 삶

———

—금요일이다!!!

카톡창이 아침부터 시끌벅적하다. 비로소 다가
온 주말을 맞이하여 퇴근 후 계획을 세우기 바쁘다.
집으로 돌아가 잠을 청한다 해도 행복 그 자체다. 회
사원들에게 금요일은 아량의 날이라도 되는 것 같다.
월요일이라면 '이놈의 미친 회사, 당장 때려치운다' 거
품 물고 분개할 일도 금요일만큼은 '뭐, 반나절만 버
텨 주지'가 된다. 대화창에 ㅋㅋㅋ이 난무하는 그야말
로 'ㅋㅋㅋ 데이'다. 최근 유행하는 짤이 유난히 많이
올라와서 본의 아니게 트렌드 공부를 하게 되는 날이
기도 하다.

나로 말할 것 같으면 친구들의 들뜬 모습을 보
고 난 후에야 금요일이구나 한다. 딱히 좋을 것도 신
날 것도 없다. 주말도 마찬가지. 그저 다른 날과 똑같

은 날일뿐이다.

　작가를 포함한 프리랜서에 대한 대표적인 오해가 시간을 자유자재로 쓸 수 있다는 생각일 것이다. 엄밀히 따지면 틀린 말은 아니다. 법적으로 9 to 6가 정해져 있는 것도 아니고, 출근을 해야만 하는 것도 아니니까. 하지만 자유가 방종이 되는 건 시간문제다. 그리고 내 시간이 자유롭다는 걸 주변인들도 알고 있다. 시도 때도 없이 치고 들어오는 일들을 해결하다 보면 어째 내 시간은 하나도 없는 것 같다. 분명 일만 하는 건 아닌데 어쩐지 일만 하는 기분이랄까. 그런데 요즘은 그마저 그리워진다.

　대학원을 다니게 되면서 시간 개념이 바뀐 것이다. 금요일이 되면 속된 말로 쫄리기 시작한다. 나의 주요 전공 수업은 월요일과 화요일에 배치되어 있고, 대부분의 과제는 일요일 자정까지다. 고로 금요일부터는 과제의 늪이다. 덕분에 팔자에도 없는 월요병이 생겼다. 어쩌다 작업 마감까지 겹치게 되면 그야말로 낭패다. 내 머리가 과연 몇 개의 스토리를 소화할 수 있을지 마음이 복잡해진다.


　문예창작과 대학원에서는 과연 무엇을 공부하는지 궁금해하는 이들이 있다(문창과 나와서 어떻게 먹고사는지를 더 궁금해하는 것 같긴 한데……). 간단하다. 문자 그대로 글로 창작을 한다. 소설을 쓰고, 드라마를 쓰고, 기획안을 쓰고, 비평을 쓰고, 시를 쓴다. 창작을 잘하기 위해선 분석도 잘해야 하므로 그에 관한 작품을 보고 공부도 한다. 별것 없다. 문제는 그 모든 걸 한꺼번에 해야 할 때다. 대학원에 입학한 후로 단 한 주도 과제가 없었던 적이 없다.

그렇다면 대학원을 다니지 않는 작가는 여유로운 주말을 맞이할 수 있는가. 딱히 그렇지도 않은 것 같다. 직장 생활과 병행하는 작가는 평일에 쓰지 못했던 글을 써야 하고, 전업 작가더라도 어찌 된 일인지 글을 쓰고 있다. 일요일인데 뭐 하세요? 하고 물으면 당연하다는 듯 책상 앞이지,라고 말하는 걸 들은 게 한두 번이 아니다. 이쯤 되면 작가는 시시포스의 저주를 받은 직업인지도 모르겠다.

대체 왜 이런 저주가 반복되는가. 내 나름대로 고찰을 해 보았다. 평일도 없고 주말도 없으니 일 년 365일 일을 하는 것 같고, 그렇다면 눈에 보이는 결과물이 팍팍 나와야 할 것 같은데 그것도 아니다. 이럴 줄 알았으면 차라리 제대로 쉴걸, 후회하는 게 한두 번이 아니다. 그런데 왜 책상 앞을 떠나지 못하는 것인가.

간단하다. 책상 앞에 앉아 있다고 해서 마음에 쏙 드는 결과물이 나오는 게 아니니까. 그렇다고 일정 시간이 지나면 '네! 실패하셨습니다! 책상 앞을 떠나주세요!' 하면서 끝나는 것도 아니다. 어쨌든 결과물이 나올 때까지 퀘스트는 반복되어야 하고, 막힌다고 과감하게 일어설 수 있는 강심장을 갖는 건 결코 쉬운 일이 아니다.

다시 나의 주말로 돌아가 보면, 과제의 마감 역시 일의 마감과 하등 다를 바 없어서 평일 내내 깨작거렸음에도 주말이면 리셋 버튼을 누른 듯 똥줄이 타기 시작한다. 바빠 죽겠어도 카톡은 하는 바람에 친구들에게 과제 까짓것 대충 하라는 말을 듣기도 하지만, 뭐니 뭐니 해도 '내돈내산'만큼 가성비 따지는 게 없다. 누가 시키지도 않은 공부를 굳이 돈을 내고 하러 갔으니 스스로에게 관대해질 틈이 없다. 가끔은 일보다 집착하는 것 같기도 하다. 지난 학기엔 매주 장편 소설 30매(원고지)를 제출했고, 드라마 분석과 기획안을 작성했으며, 비평을 썼다. 비평 한 편을 쓰기 위해 읽었던 책은…… 수를 세고 싶지도 않다. 내 것만 쓴다고 되는 건 아니다. 다음 수업 전까지 다른 원우들의 글을 읽고 피드백을 준비해야 한다. 학부 전공이 아닌 터라 선수과목까지 들어야 해서 예능 기획안도 써야 했다. 그 과정에서 시와 예능은 내 길이 아니라는 것을 깨달았다. 더불어 논문 프로포절과 세미나에서 만드는 책의 원고까지 쓰고 있자니 대체 내가 뭘 하고 있는지 모르는 지경이 되어 버렸다.

덕분에 한 달에 한 번은 내려가던 본가에 학기 내내 내려가지 못하고 말았다. 자고로 가족은 만나야 가족, 아빠가 죽을 때까지 과연 몇 번이나 볼 수 있을지 생각해 보라며 예상 횟수까지 알려 주던 아빠는 다시 한번 내 스케줄에 불만을 품고 팩폭을 날렸다.

"매번 마감이라면서 결과물은 왜 안 나오는 거야?"

"왜긴 왜야. 마감을 못 지키고 있으니까 그렇지."

가끔은 나도 내가 왜 당당한지 모르겠다. 아빠 한정 파이터라는 점이 애석하지만. 다시 한번 못난 딸을……


이제껏 늘어놓은 말만 보면 24시간 책상 앞을 떠나지 않고 오직 글에 살고 글에 죽는 '글생글사'의 열혈 작가 같다. 친구들 특히 핑키의 비웃음이 귓가에 퍼지는 듯하다. 사실 주말이 없을 수밖에 없는 진짜 이유는 딱 하나다. 시간 관리 실패.

프리랜서의 시간은 남아도는 줄 아는 사람이 많다며 투정을 부리면서 정작 나부터 내 시간을 존중하지 않았다. 생각해 보면 함께 일하는 이들은 내 시간을 몹시 존중해 주었다. 대학원을 다니고 있다는 사실을 알고 있는 터라 방학이 올 때까지 기다려 주기도 한다. 그러나 세 살 버릇 여든 간다고 했던가. 어릴 적부터 생활계획표를 한 번도 지켜 본 적이 없던 나는 여전히 그것이 어렵다. 지키지 못한다는 것을 알기 때문에 계획을 세우지도 않으니 퇴행했다고 봐도 무방하다.

일주일에 네 번, 정해진 수업 시간을 제외하면 나머지 시간은 유동적으로 보낸다. 세미나가 생기면 세미나를 하고, 미팅도 약속도 늘 상대에게 맞춘다. 가끔 일찍 퇴근하는 친구가 번개를 제의하면 어김없이 튀어 나가곤 했다. 휴식도 일도 집에서 이루어지는 터라 어쩐지 틈만 나면 나가고 싶어진다는 게 핑계다. 전시를 보고, 친구와 수다를 떨고, 맛있는 것도 먹으면서 에너지를 충전한 것 같은데 어쩐지 그렇게 외출을 하고 돌아오면 또 쉬어야 한다. 뒤늦게 책상 앞에 앉아 보지만 밤을 새우는 것도 영 쉽지 않다. 매일 글을 쓰지만 정해진 시간도 분량도 없다. 그러다 보면 주말이 온다.

소설은 사람 이야기를 쓰는 것이고, 그러기 위해서는 사람들과 어울려 지내야 하고, 친구들은 주말에만 시간이 나는 직장인인 만큼 나는 기꺼이 그들에게 맞추어 외출을 감행한다. 그렇게 즐거운 시간을 보낸 뒤 친구들은 안녕을 고하고 돌아가서 쉴 테지만 나는 그때부터가 시작이다 생각하며 책상 앞에 앉는다. 남 탓 환경 탓 할 것 없이 프리랜서로서 효율적으로 시간을 쓰지 못하는 것이다.

반성이 취미고 다짐인 특기인 사람답게 나는 달라지기로 했다. 마감에 시달리지 않은 채 글을 쓰고 싶은 마음도 있지만 무엇보다 제대로 된 휴식을 취하고 싶다. 금요일이 되면 이번 한 주도 열심히 살았다고 만족하며 설레는 마음으로 주말을 맞이하고 싶다. 그러기 위해선 평일을, 업무 시간을 어떻게든 사수해야만 했다. 그렇게 비주얼 타이머를 장만했다.

60분으로 알람을 맞춰 놓으면 붉은 동그라미가 점점 줄어들다가 알람이 울리는 시계로, 시각적 효과를 자극하여 집중력을 높여 준다고 했다. 한동안 인터넷에서 유행한 일명 뽀모도로 기법. 유행 당시에는 유난이다 싶었지만 나는 늘 뒷북을 치는 사람이다. 딴짓을 일삼는 나를 더는 용납할 수 없었다. 정확히 말하면 타이머를 주문하려는 내게 핑키가 선물해 주었다. 제발 집중 좀 하라고.

다행스럽게도 효과를 보는 중이다. 한 페이지를 쓰기 위해서 타이머를 몇 번 돌려야 하는지 드디어 알아냈다. 집중력이 떨어져서 다른 소설을 읽고 싶은 마음이 들 때도 남아 있는 빨간색을 보며 자제하게 되었다. 내가 자유를 원했던 게 맞나 싶기도 하지만 뭐


**129**

든 약간의 규율은 있는 게 좋은 것 같다. 비록 여전히 주말 없는 삶이지만 과거를 청산하는 데에는 시간이 걸리는 법이다.

갑자기 걱정이 앞선다. 이렇게 사소한 치부를 낱낱이 밝혀도 되는 걸까. 무엇보다 이 글을 보자마자 아빠에게 연락이 올 것 같다.

"그럴 줄 알았다! 어차피 놀 거 집에 와서 놀아!"

음…… 나쁘지 않은 것 같기도?

## 직업 탐방기

———

"도배 배우러 갈까?"

"타일을 배워야 돼."

"며느리도 안 알려 준다던데?"

"그래? 청소업체는 어때? 정리정돈의 신! 벌써 있으려나?"

오늘도 쓸데없는 소리는 계속된다. 작가가 되기 전에는 작가라는 직업만 보고 달렸는데, 작가가 되고 나니 시종일관 다른 직업을 찾는다. 귀걸이를 살 때면 금은방 주인이 되었다가, 커피를 마실 때면 바리스타가 되고, 동네 유명 만둣집에 줄을 설 때면 만두 가게 사장이 된다. 물론 상상 속에서. 얼마 전 박팀장과 코인 노래방을 갔다가 코인 노래방 사장을 꿈꾸기도 했다. 대기 인원이 어찌나 길던지.

어렸을 때부터 꿈이 자주 바뀌었다. 피아니스트, 아나운서, 건축가, 선생님, 가구 디자이너, 피디,

영화감독…… 솔직히 전부 기억나지도 않는다. TV를 보다가 잡지를 보다가 친구들과 수다를 떨다가 시시때때로 바뀌었다. 우습지만 그때마다 몹시 진지했다. 마음속으로 기필코 되고 말 거란 결심을 했다. 그러나 실행에 옮긴 적은 없었다. 그러니까 나는 꿈이 많다기보다는 변덕이 심한 아이였다. 지금도 여기저기 기웃대는 걸 보면 현재 진행형인 듯도 하다.

소설을 쓰기 전까지 단 한 번도 작가가 되겠다는 생각을 한 적이 없다. 참고서 대신 소설책을 가방에 넣고 다닐 때에도 마찬가지였다. 소설을 읽는 게 좋았지만 내가 쓸 수 있을 거라고는 상상조차 하지 못했다. 소설을 쓰는 바람에 작가가 되길 바라게 되었다는 것이 좀 더 정확하다. 정작 꿈꿨던 것들에 대해선 아무 노력도 하지 않은 반면에 어쩌다 시작한 일에는 몇 년이라는 시간을 쏟을 만큼 절실히 원하게 되었다. 어쩌다 소설을 쓰게 된 건지 묻는 질문을 받을 때마다 할 말이 없었던 이유다. 하지만 직업이란 그런 것일지 모른다. 생각지도 못한 일에 온 시간을 투자하게 되는 것.

웹소설 연재를 하고 있을 때였다. 산책을 하고 돌아오는데 동네에 새로 오픈한 꽃집이 보였다. 이렇게 만난 것도 운명인데(그럴 리가) 화분이나 하나 사야겠다 싶어서 들어갔다. 식물 킬러로 종종 오해를 받지만 나는 완벽한 식집사다. 딱히 하는 건 없어도 알아서 잘 자라 준다. 물론 식물을 좋아하기도 한다. 어릴 때부터 사진첩엔 나무나 꽃이 가득했다. 한때는 나무만 찍는 포토그래퍼를 꿈꾸기도 했다. 사진계의 호크니……

화분을 고르던 중 데이지가 눈에 들어왔다. 마음을 바꾸어 꽃 한 다발과 화병을 샀다. 그렇게 사장님이 데이지를 포장해 주는 동안 원데이 클래스 모집글이 눈에 들어왔다. 이참에 꽃을 배워 봐? 이것도 운명인데(늘 이런 식이다). 곧장 클래스를 예약하고 집으로 갔다. 며칠 뒤 꽃꽂이 클래스를 체험한 나는 바로 두 달 코스를 등록했다. 머릿속에선 이미 꽃집을 차린 플로리스트가 되어 있었다. 새벽이면 꽃시장에 가서 꽃을 사고, 낮에는 꽃을 팔고, 밤에는 글을 쓰는 삶! 쉽게 흥미를 느끼는 데다 뭐든 처음에는 제법 잘 흉내내는 터라 조금만 더 배우면 될 것 같다는 마음이 든다는 게 근본적인 문제다.

두 달 동안 수업이 있는 주말만 기다릴 만큼 꽃을 만지는 건 재밌었다. 꽃바구니부터 꽃다발 화병꽂이, 이주니 200일 화관까지 만들면서 한껏 꽃에 빠져 있었다. 두 달 내내 집에는 꽃향기가 가득했고, 꽃을 배울 때마다 새로운 세계를 맛보는 기분이었다. 신기하게도 모든 일은 처음 배울 때 비슷한 구석이 있다.

꽃꽂이를 잘하기 위해선 필요 없는 가지는 물론 만발한 꽃도 떼어 내야 한다. 예쁘지만 전체적인 균형을 위해 잘라 내야만 하는 것들이다. 사람의 만족을 위해 살아 있는 걸 죽여야 한다니. 이야말로 식물 킬러 아닌가. 그래서 그 작업이 너무 힘들었다. 기가 막힌 문장을 생각해 냈는데 전체 맥락에는 도무지 맞지 않아서 삭제해야만 할 때처럼.

전체 완성도를 위해 색 배합부터 꽃송이의 크기까지 고르는 과정이 글쓰기와 비슷하면서도 두세 시간이면 뚝딱 결과물이 나온다는 점에서 달랐다. 그게 매력적이었다. 무엇보다 좋은 건 아무 생각도 안 할 수 있다는 거였다. 사람이 어떤지, 상황이 어떤지, 이걸로 무엇을 할 수 있을지 고민할 필요가 없었다. 처음 보는 꽃의 이름을 받아 적고, 같은 꽃이라도 크기별로 다른 느낌을 주는 것에 감탄하고. 쓸모를 걱정할 필요는 없었다. 존재 자체가 쓸모이니까. 물론 좋은 점만 있는 건 아니었다. 순간의 폭발적인 감흥과 달리 꽃은 기껏해야 2주간 볼 수 있을 뿐이었다. 시간이 지나면 시들고 잎을 떨구다가 결국 곁을 떠났다. 반면 글은 오래도록 남아 있다. 시간이 지나야만 빛이 나는 글도 있다. 그렇게 꽃과 글의 대조적인 매력을 견주면서 글 쓰는 일에 대한 애정을 새삼 확인했다. 꽃은 두

달 더 배웠고, 어디 한번 꽃집을 차려 봐? 했던 첫 마음과는 달리 웹소설 연재 마감과 함께 꽃 수업도 끝이 났다.

플로리스트 전문 과정을 배워 보라는 권유도 들었지만 이상하게 글을 마감하고 나자 마음이 뚝 식어 버렸다. 수업료가 적지 않기도 했지만 시간이 흐를수록 꽃에 집중하기보다는 소설에 플로리스트 직업을 등장시켜 볼까, 같은 생각을 하고 있단 걸 알아차린 거였다. 어떤 새로운 일을 하더라도 밤이 되면 어김없이 글을 쓰고 있었다. 어디서 무엇을 하든 놓을 수 없는 일이라면, 내가 진짜 원하는 건 사실 글쓰기밖에 없는 것 아닐까.

글 쓰는 일에 대해 막연한 환상을 가졌거나 별 관심 없는 사람들은 대개 이렇게 말한다.

"작가는 정년이 없잖아. 나이 들어서도 할 수 있다는 게 얼마나 좋아."

그럴 때마다 내가 하는 말도 있다.

"정년은 없지만 내일도 없어."

지금 글을 쓰고 있지 않다면 작가라고 할 수 없다는 말은 그래서일 거다. 내가 작가인 건 이미 과거의 일이다. 직업은 생계를 유지하기 위해 종사하는 일을 말한다. 더 이상 생계를 유지할 수 없다면 그저 하나의 경력일 뿐 아닐까. 한마디로 되는 것보다 유지하는 게 더 힘든 일 같다. 그래서인지 하루 종일 놀다 온 날에도 기어코 책상 앞에 앉게 된다. 한 줄밖에 못 쓰더라도 그래야만 작가로서 남아 있을 수 있을 것 같다.

그런데도 이 일을 계속하려는 이유가 무얼까. 이렇게 생겨 먹었을 뿐인지도 모르고, 어느 작가의 말처럼 너무 오래 버텨서 더는 돌아갈 길이 없기 때문일지도 모르지만, 아무리 생각해도 뻔한 생각밖에 들지 않는다. 이 일이 좋다. 좋은 점이 잘 생각나지 않는데도 이 일이 좋다. 텅 빈 화면을 마주할 때는 공포를 느끼면서도 글자가 하나씩 채워져 나가고, 페이지가 늘어나고, 결국 하나의 이야기가 될 때면 세상에 존재하지 않는 이들의 행복을 기원하게 된다. 만들어 낸 존재라는 걸 알면서도 마치 살아 있는 사람처럼 내 앞에서 움직이는 듯할 때, 나도 모르게 살아 있는 사람처럼 그들을 대하게 될 때 이상하리만치 쾌감이 느껴진다. 인물들이 내 손을 떠나서도 누군가에게 진심으로 사랑받길 원하는 순간마다 나는 타인을 떠올리게 된다. 내가 사는 이 세계의 현실 속에서 자신만의 사투를 벌이며 살아가고 있는 사람들을, 평소에는 이해할 수 없었던 사람들을 받아들이게 된다.

주인공이라고 생각하면 고통도 견딜 만한 일이 되고, 내 앞에 닥친 시련은 다음 장을 넘기면 해결되는 과정일 뿐이라 여길 수 있다. 소설은 내가 세상을 이해하는 방식이자 살아가는 하나의 방식이다. 그리고 아직은 이보다 더 나은 방식을 찾아내지 못했다. 그러니 어쩌겠나. 다른 방식을 찾기 전까지는 이 자리를 지키고 있는 수밖에.

다른 작가들은 어떤 마음으로 계속 쓰고 있는지 모르겠다. 해야 할 말을 하기 위해 쓰는 사람도 있을 테고, 먹고살기 위해, 혹은 그저 재미로 써 나갈지도 모른다. 누군가에게는 오직 글쓰기만이 삶의 의미일지도 모른다. 이유는 상관없다. 모두가 자신만의 세상을 살아가면 그뿐이다. 도서관과 서점에 온갖 종류의 책이 모여 있는 것처럼. 그래서 더 재밌는 것처럼.

작가로 살아가는 동안 나는 몇 개의 직업을 꿈꾸게 될까. 얼마나 많은 세계를 엿볼 수 있을까. 작가라는 직업의 좋은 점을 하나 찾은 것 같다.

# 엿듣기
## 장인

———

커밍아웃은 언제 하신 거예요?

대학교 때 했어요. 하려고 한 건 아니고, 들켰죠 뭐.

아, 힘들었겠다.

좀 힘들긴 했는데, 오히려 잘됐죠. 한 달 정도 힘들어하시다가 이젠 남자친구 좀 데려와 보라고 하세요.

좋은 부모님이시네요. 부럽다.

아직 모르시는 거예요?

네, 공식적으로는 모르는데, 그냥 모르는 척하고 계시는 것 같기도 해요. 저도 굳이 말하진 않고요.

이쯤에서 이어폰을 꺼야 할지 말아야 할지 고민이 되었다. 이미 하트가 된 두 사람의 눈에 옆에 앉은 여자가 보이지도 않겠지만, 지금 이어폰을 꼈다간 내가 다 들었다는 걸 눈치챌 것 같다. 아니, 그렇다 해도 내가 들으려고 들은 것도 아닌데. 무슨 상관인가. 고작 세 뼘 정도의 간격을 두고 앉았는데 들리지 않을 거라 생각하는 게 더 이상하지. (그들은 내게 아무 말도 안 했다.)

종종 카페에 가서 글을 쓴다. 소설가 중에는 작업할 때 듣는 테마곡을 정해 두거나 빗소리 같은 ASMR을 듣는 경우도 있던데 나는 아무것도 듣지 않는다. 팝이건 클래식이건 빗소리건 어느 순간부터 듣는 데에만 집중하고 있는 나를 발견하기 때문이다. 가끔은 생활 소음마저 거슬려 도서관을 갈 때도 있는데, 키보드 소리가 미안해서 결국 책만 읽다 오게 된다. 그래서 대신 찾게 된 곳이 카페다. 노래 소리가 크지 않고 손님들이 대부분 노트북 작업을 하는 조용한 카페에 주로 가지만 오늘처럼 소개팅을 하는 이들을 마주하게 되는 날도 있는 법이다.

조곤조곤 말해도 들릴 수밖에 없는 거리이기도 했지만, 사실 난 소머즈의 귀를 가졌다. 방문을 닫아 놓고 있어도 거실에서 조용히 나누는 대화가 다 들리는 바람에 오빠가 음침하다며 험담하는 걸 듣기도 했다. 원래 내 욕은 더 잘 들리는 법이다. 가끔은 보이지도 않는 드라마 속 대화에 혼자 웃음을 터뜨리기도 한다. 혼자 TV를 볼 때면 음량을 아주 낮춰 놓는 바람에 가족들이 답답해하며 묻기도 한다. 이게 들려? 하지만 나는 잘 들린다. 그런 식으로 내 의지와 상관없이 알게 되는 것들이 있다.

본가에 살 때는 집에서 멀지 않은 곳에 법원이 있어서 그 앞 카페에 갈 때마다 소송에 대한 정보를 얻고 돌아왔다. 한번은 피해자와 그 가족의 대화를 듣기도 했는데, 내가 대신 가서 가해자의 멱살이라도 잡고 싶은 마음이었다. 세상에 그렇게 뻔뻔한 놈이! 어쨌거나 그들은 소송에서 이긴 듯했지만 상처에서 벗어나기까지는 시간이 필요할 것 같았다. 정의가 구현된다 해도 고통은 쉬이 사라지지 않는 법이다. 오로지 욕으로만 이어지는 대화에 혼미해져서 재빨리 가방을 싼 적도 있다. 글을 쓰러 나갔다가 소송을 하고 오는 것처럼 심적으로 지치는 바람에 그 근처 카페엔 발길을 끊었다. 세상은 갈등으로 점철되어 있구나…… 어쩐지 희망을 잃어 가는 기분도 들고 말이다.

친구와 카페에 갈 때도 크게 다르지 않아서 주변에 말소리가 들리면 친구에게 집중하기 위해 애써야 한다. 어떤 날은 친구 목소리와 주변 말소리가 스테레오로 들린다. 그런데 그게 흥미진진한 내용이기까지 하면 나도 모르게 헉 하고 놀랄 때도 있다. 본의 아니게 낯선 사람에게 친밀감을 느끼기도 한다. 요즘 그 배우에게 빠지셨군요. 저도. 호호.

어쩐지 염탐꾼이 된 것 같지만 사실 이야기가 들리기 시작하면 곧장 가방을 싸는 편이다. 이어폰을 끼고 노래를 듣는 것도 정신없어지긴 마찬가지라 그 자리를 뜨는 수밖에 없다. 아무것도 틀지 않은 채 이어폰만 끼기도 하지만 이어폰을 뚫고 들어오는 소리도 있다. 그럼에도 자리를 지키는 경우는 아직 커피가 많이 남아 있을 때다. 얼른 마시고 가야지, 생각하면서도 커피를 마시며 이야기를 듣게 되어 버리는 결말이 많지만. 그러니 나로선 꽤나 불편한 일이다.

하지만 이 듣고 싶지 않아도 듣게 되는 일에 장점도 있다. 대화에 끼어들 수 없다는 것. 그리고 나는 그들을 모른다는 것. 전혀 공감이 가지 않더라도, 심지어 그들이 잘못 알고 있는 사실이 있더라도 나는 그걸 정정할 수 없다. 막아설 수도 없다. 들리니 들어야 한다. 그 대화만으로 그들이 어떤 사람인지 판단할 수도 없다. 다시 만날 사이가 아니기에 굳이 추측할 필요도 없다. 기껏해야 그런 일이 있구나 생각하면 그만이다.

작가는 쓰기에 앞서 듣는 사람이라는 생각을 종종 한다. 제아무리 나쁜 사람일지라도 가치 판단이

개입되는 순간 인물은 평면적으로 변해 버리고 만다. 옳은 일을 하고 좋은 마음을 먹고 살아야 하는 걸 누군들 모르겠나. 각자의 좋음이 다르고, 선의 기준도 다르다. 심지어 상황에 따라 한 사람의 선이 바뀌기도 한다. 그럼에도 어느 편에 서고 싶은 순간이 생긴다. 이야기로 말하는 대신 사사건건 인물을 트집 잡으며 가로막고 싶어질 때가 있다. 너 지금 잘못됐어, 나쁜 길로 빠지고 싶지 않으면 당장 수습해, 잘못 알고 있는 걸 바로잡아. 그럼 그 인물은 몰라야 할 일도 아는 일이 되어 버리고, 나는 밀고 나가야 할 사건 앞에서도 그의 과거를 고치느라 바쁘다. 이때 나는 듣는 사람이 아닌 말하는 사람이 되고 만다. 네, 제가 이 구역 훈장님입니다, 하게 되는 거다. 인물에 대한 이해는 저만치 달아나고 없다.

그런데 끼어들 수 없는 대화에 참여하게 되는 순간 나는 자연적으로 잘 듣는 사람이 된다. 그렇게 겪어 보지 못한 사람을 만나고, 겪고 싶지 않은 사람도 만난다. 그들의 이야기를 받아 적지는 않더라도 조금씩 내가 아는 세상이 넓어지는 기분이다. 정말이지 세상은 넓고 사람은 다양하다.

며칠 전 카페에 갔다가 앞선 소개팅의 주인공을 마주쳤다. 소개팅 이후에도 종종 그들을 보긴 했다. 첫 만남부터 폴링 인 러브 모드였던 두 사람은 그날 이후 손을 잡고 카페에 오곤 했다. 당연히 아는 사이가 아니었기에 눈이 마주쳐도 어색하게 눈인사를 하는 게 다였다. 그런데 그날은 옆 테이블에 앉은 그가 말을 걸어왔다.

"무슨 작업 하세요?"

"네?"

"글 쓰시는 거 같아서요. 죄송해요. 그냥 보였어요."

앗, 그쪽은 눈이 좋으신 분? 나도 그들의 이야기를 들었으니 피차 마찬가지였지만 그런 말은 하지 않았다.

"아…… 소설 써요."

"와, 소설가시구나! 저도 소설 좋아하는데."

평소에는 내가 소설가라는 말은 하지 않는다. 미용실을 가거나 운동을 갈 때나 직업을 물어 오면 프리랜서라 답하고 만다. 소설을 쓴다고 하면 그때부터 질문이 쏟아져 당황했던 경험이 적지 않기 때문이다. 하지만 그들의 비밀 아닌 비밀을 알게 된 마당에 나도 어쩐지 솔직해야 할 것 같았다.

스몰토크 중독자이기도 하지만, 이어진 대화가 꽤나 즐거웠다. 보통은 소설가라고 하면 내가 무슨 소설을 썼는지, 어떤 이야기인지, 심지어 내 앞에서 책을 검색해 보는 바람에 괜히 머쓱한 상황이 연출되는데, 그는 자신이 재밌게 읽었던 소설을 말하면서 되레 내게 어떤 소설을 좋아하냐, 그 작가 진짜 재밌지 않냐 하는 이야기를 해 오는 거였다. 오랜만에 소설 얘기를 재밌게 했다. 그렇게 짧은 대화가 마무리되려던 차.

"저희 소개팅할 때 옆에 있었던 거 맞죠?"

"네?"

"제가 좀 눈치를 보는 타입이라서, 괜히 옆에 보고 그러거든요. 그날 나가면서 키보드로 우리 얘기 받아쓴 거 아니야? 하면서 별별 말을 다 했던 것 같다고 우리끼리 그랬거든요."

"아, 그럴 리가요. 걱정 마세요."

"걱정 안 했어요. 소설에 우리 얘기 나오면 진짜 재밌긴 하겠다."

"제가 뭐 쓰는지도 모르시잖아요."

"우연히 발견하는 맛이죠. 이거 내 얘긴데! 하고. 쓰고 싶어지면 꼭 쓰세요. 진짜 좋을 것 같아요."

나는 그러겠다 답하고 웃었다. 다른 날과 달리 혼자 왔길래 혹시 헤어지기라도 했나 싶었는데 곧 애인의 동네로 이사 가게 되어 더는 이 카페에 올 일이 없을 거라 했다. 그래서 오늘 내게 말을 걸어 본 거라나. 소설가가 된 후로 가장 재밌었던 에피소드다. 가끔은 현실이 더 영화 같다더니, 나로선 소설보다 더 소설 같은 일이었다. 그의 바람과 달리 에세이에 이 이야기를 쓰게 되었지만. 그가 에세이도 즐겨 읽는 독자이길 바라본다. 우리 얘기 나왔어! 좋아할 수 있길.

# 여행기는
# 힘들겠지만

———

"여행 가는 거 안 좋아해. 짐도 많은데 노트북까지 챙겨야 되고."

"노트북을 두고 가면 되잖아요."

"노트북이랑 분리불안 있어."

농담인 줄 알았지만 그의 표정은 사뭇 진지했다. 그러고 보니 영화를 볼 때도 커피를 마실 때도 항상 노트북을 들고 나왔다. 마감이 없을 때에도 마찬가지였다. 단 한 번도 노트북을 꺼내지 않았지만 소중하게 품고 다녔다.

"업보네. 업보야."

"노트북이 내 주인임. 도비 이즈 낫 프리!"

결국 장난기 담긴 자조로 대화가 흘러갔지만 그는 여행을 갈 때마다 관광을 하기보다는 호텔에서 노트북을 붙잡고 있었다며, 이젠 포기했다고 고개를 내저었다. 솔직히 말하면 나로선 그렇게까지 할 일인가? 하는 마음이 없었던 건 아니다. 분리불안이 전혀 없는 거냐며 되레 묻는 말에 전혀 없다고, 당장이라도 두고 떠날 수 있다며 호언장담했다. 그러나 직접 겪어보기 전에는 뭐든 확신하면 안 되는 법이다.

지난해 친구들과 해외여행을 갔었다. 프리랜서의 삶은 한 치 앞을 모르는 것이었고, 비행기 표를 예약할 땐 마감 지옥에 빠지게 될 줄은 상상도 못 했다(가뿐하게 완고를 넘길 줄 알았지). 예약과 여행 사이에 나는 연재를 시작하게 되었고 일주일에 세 번 마감을 해야 하는 처지였다. 그렇다고 여행을 취소할 수도 없었다. 살짝 고민을 하긴 했지만 디디의 결혼이 코앞이었고 다 같이 갈 수 있는 마지막 해외여행일지도 몰랐다(걱정과 달리 결혼 후에도 다 같이 열심히 모여서 놀고 있다……).

떠나는 당일에야 캐리어에 짐을 마구잡이로 욱여넣었다. 전날 밤까지 마감을 했기 때문이다. 3박 4일 정도는 괜찮겠지. 그러나 탈고를 한 후에도 마감을 끝냈다고 볼 순 없다. 연재 목록에 새 글이 업데이트되기 전까지는 얼마든지 수정 요청이 올 수 있고, 여행 후에도 연재는 계속되므로 이틀 뒤에도 그 이틀 뒤에도 나는 원고를 보내야 했다. 그래도 여행 기간에 올라갈 원고는 보내 두었으니 며칠 정도는 리프레시를 해도 되지 않을까 싶었으나 결국 노트북 가방을 내려놓지 못했다. 아니나 다를까 수정해야 할 부분이 생겼고, 입국 수속을 마치자마자 공항에서 노트북을 꺼내 수정 작업을 해야 했다. 어차피 경로 탐색을 해야 한다며 지도를 보는 친구들에게 미안하다는 말을 몇 번이나 했는지 모르겠다. 죄인 모드는 공항을 벗어날 때까지도 끝나지 않아서 숙소로 이동하는 버스를 기다리는 동안에도 캐리어 위에 노트북을 펼쳐 두고 작업을 했다. 세상에나 이런 유난을 떨다니. 지금 생각해도 얼굴이 화끈거린다. 그렇게 나는 일정 내내 머릿속에선 원고 내용을 전개해야 했고, 일과를 마치고 숙소로 돌아와선 잠든 친구들을 옆에 두고 노트북을 펼쳤다.

3박 4일 중에 이틀을 그렇게 이도 저도 아닌 식으로 보내고 나니 계속 이러다간 작가로서도 친구로서도 실격일 거란 생각이 들었다. 남은 이틀은 여행에 집중하기로 했다. 돌아오는 비행기에서 다시는 노트북을 들고 떠나지 않겠다고, 완벽한 마감 후에 떠나거나 그게 아니라면 차라리 과감히 잠수를 타는 진상이 되겠다고 이상한 결심을 했다. 그 결심도 노트북을 두드리면서 했다. 그 후로 여행을 잘 떠나지 않게 된 것 같다. 하지만 늘 어디론가 떠나고 싶다.

작가가 된 후로 많이 듣는 말 중 하나가 "좋겠다. 언제든지 떠날 수 있어서"다. 내 대답은 듣지도 않고 방콕 한 달 살기, 스위스 열차 여행, 호주 서핑 여행 같은 걸 떠올리는 듯했다. 물론 틀린 말은 아니다. 작가는 얼마든지 디지털 노마드가 될 수 있다. 체류 비용을 감당할 수 있을 정도로 인세가 들어온다면 말이다. 게다가 어딜 가나 노트북 앞에서 가상 세계에 빠져 있어야 하는 건 똑같다. 마감이라면 내 앞에 바다가 펼쳐져 있건 굳게 닫힌 창문이 있건 크게 다르지 않다. 좋은 풍경 앞에서 괜히 짜증만 내게 될지도 모른다. 그러다 보니 언제든지 떠날 수 있다는 건 내게도 먼 이야기였다. 외국에 갔는데 노트북이라도 고장나면, 누가 훔쳐 가면, 그때는 어떡하나! 꼬리에 꼬리를 무는 상상까지 이어져 슬며시 포기하게 된다. 설마 이것이 분리불안의 시작……?

한 가지 방법이 있긴 했다. 여행기를 쓰는 거다. 디지털 노마드라면 뉴욕의 카페에 앉아 바삐 지나다니는 뉴요커들을 관찰하며 그날 하루를 글로 적어 내려가는 것 정도는 해야 하지 않겠나. 먹는 모든 것들이, 보는 모든 풍경들이, 만나는 모든 사람들이 페이지 속으로 쏙쏙 들어가는 거다.

한때 여행 에세이가 붐처럼 쏟아질 때가 있었다. 나는 여행을 좋아하고 여행 에세이를 보는 것도 좋아해서 늘 사 읽곤 했다. 책을 보면서 뉴욕과 아이슬란드와 카브리해에는 꼭 가겠다고 생각도 했다. 일 년에 한 번은 혼자 여행을 떠날 만큼 나름대로 여행인이라 자부했으니 까짓것 나도 한번 써 보지 뭐. 그렇게 예행연습으로 각 잡고 여행기를 써 보려고 노트북을 펼쳤는데 도무지 쓸 말이 없었다. 오히려 결격 사유만 잔뜩 발견했다.

　　일단 어딜 가든 충동적으로 결정한다는 점이 위험했다. 프랑스에 가야겠어! 발리 궁금하긴 한데? 일본 가자고? 국내 역시 다르진 않아서 갑자기 부산에 가고 싶다거나 제주도를 가야겠다거나 양양이 궁금하다거나 하는 식이다. 그렇게 훌쩍 떠나고 나서는 마치 그곳에 늘 사는 사람처럼 군다. 굳이 맛집을 찾지도 않고 랜드마크를 꼭 봐야겠다는 마음도 없다. 볼 만한 전시회 정도만 확인한다. 지금껏 목적을 가진 여행은 미술 전시를 보기 위해 가나자와 여행을 갔을 때뿐이었다. 그때도 전시회 말고는 딱히 일정이 없었다. 이런 이유로 나의 여행은 늘 조금 심심하다. 충동적으로 떠난 것과 달리 유흥에는 별로 관심이 없는 터라 스펙터클한 에피소드도 건지기 어렵다. 이상하게 여행만 가면 일찍 자고 일찍 일어나서 잘 먹는 무념무상 모범적인 생활 패턴을 갖게 된다. 돌아보면 그저 좋았다는 말만 내뱉게 되는 여행. 여행 책이란 디테일에서

오는 환상을 가지기 위해 읽는 것 아닌가. 아무리 고난스러운 여행이라 할지라도. 심지어 나는 고생은 딱 질색인 타입이라 모험은 시도하지 않는다.

여행기는 단념하기로 했다. 지금으로선 여행은 여행으로 남겨 두는 게 좋다고 생각한다. 읽고 쓰는 걸 일로 하게 된 후로는 삶의 여러 순간을 소재로 생각하는 버릇이 생겼다. 좋아하는 것도 일이 되고 나면 약간의 스트레스는 동반되기 마련이라 여행이나 전시 감상만큼은 절대 일로 만들지 않겠다는 기준을 세워 둔 셈이기도 하다.


얼마 전 또 다른 작가와 식사를 하는데 여행 이야기가 나왔다.

"저 뉴욕 가요."

"와, 진짜 좋겠다. 뉴욕 가 보고 싶었는데. 사진 많이 올려 줘요!"

"사진은 안 돼. 편집자랑 맞팔이야. 이번 여행 콘셉트는 '내 여행을 알리지 말라'야."

잠시 멈칫. 그리고 터지는 웃음.

웹소설을 쓰고 있는 그는 자신의 여행 계획을 말해 주었다.

"2주 분량은 다 써 뒀어요. 마감 전날 하나씩 보낼 거야. 알람까지 맞춰 뒀다고. 혹시 전화가 올지도 몰라서 폰이 고장 났다고도 해 봤어."

　뉴욕 어디를 가서 무엇을 할지 뭘 먹어야 할지 알아보기 전에 마감 계획부터 세우고, 원고를 다 썼음에도 혹시나 노트북이 잘못되지 않을까 자신의 메일로 원고를 전부 보내 놓는 철저함까지. 아, 이것이 작가의 여행이라니. 불안해서 떠나지 않건, 전전긍긍하며 떠나건, 불안 따위 철저히 외면하건, 결국 노트북과 함께라니.

　"…나도 지난번에 여행 가서 마감 원고 보냈는데."

　그때의 나는 담당 편집자와 맞팔이 아니었기에 마음껏 여행 사진을 올렸었다. SNS 시대에 여행은 알려야 제맛이거늘. 그는 원고의 최종 마감이 끝나고 나면 그때 여행 사진을 올릴 거라고 했다. 계절은 지나 있겠지만 그 작가 나름의 마감 의식일 수도 있겠다.

　뉴욕에 가 있는 동안 그의 SNS는 정말 잠잠했고 원고는 차곡차곡 업데이트가 되었다. 심지어 재밌기까지 했다. 여행도 일도 성공적으로 이루어진 것 같아 나도 괜히 뿌듯해졌다. 그렇게까지 할 필요가 있는지 의아할 수도 있겠지만, 그럼에도 불구하고 떠날 수밖에 없을 때 가는 게 여행이니까. 가끔은 몰래 가는 여행도 나쁘지 않다. 마감만 잘 지킬 수 있다면.

　얼마 전 료리와 함께 3박 4일 여행을 다녀왔다. 해야 할 일들이 잔뜩 쌓여 있었지만 급한 마감은 없었기에 얼마간 가뿐한 여행이었다. 이번에도 노트북을 챙겼다 뺐다를 반복하다 결국 두고 갔다. 분리불안을 겪지 않으려면 잘 떨어져 있어야 한다. 언젠가 여행기를 쓰게 될지도 모를 그날을 위해 여행 자체를 즐겨 봐야지. 혹시나 해서 챙긴 패드를 꺼내자마자 료리가 정색을 하는 바람에 급히 변명해야 했다. 노래 틀려고 꺼낸 거야!

# 나의
# 1호

————

　책을 내고 또 하나의 버릇이 생겼다. 인터넷에
책 제목과 함께 내 이름을 검색해 보는 것이다. 이름
만 치면 우리나라 사람이라면 누구나 아는 재벌 2세
부터 나오는 관계로 반드시 책 제목과 같이 검색한다.
그분이 아니디라도 검색 결과가 많진 않지만……

　책이 나와도 세간의 평가 따위 개의치 않는 차
가운 도시 작가가 될 계획이었다. 책은 세상에 나오는
순간부터 독자의 몫, 내 할 일은 다 했으니 나는 다음
으로 가겠다. 그렇게 무심하고 프로페셔널한 모습을
보이려 했으나 인생이 계획대로 될 리가 없다.

　『망생의 밤』을 독립출판 하고 얼마 지나지 않았
을 때 누군가 인스타그램에 나를 태그했다. 친구들이
홍보를 해 주겠다며 너도나도 태그를 하고 있었던 터
라 그중 한 명일 거라 여겼다. 아니면 방금 입고를 마

친 서점이거나. 그런데 처음 보는 사람이 남긴 리뷰였다. 감사하게도 칭찬의 글이었다. 칭찬 따위 바라지 않는다고 생각했던 것과는 달리 냉큼 달려가 꼬리부터 흔드는 강아지처럼 한껏 들떴다. 어른이 되고 난 후엔 스스로의 몫을 해내는 게 너무도 당연한 일이라 칭찬을 들을 일이 생각보다 많지 않다. 사실 나는 칭찬을 받고 싶었던 거다. 그렇지만 누군가를 만났을 때 내게 칭찬의 말을 하면 나는 한사코 손사래를 치기 바쁜데, 나도 내가 왜 이러는지 모르겠다.

어쨌거나 그날 이후 남몰래 검색창에 내 이름을 쳐 보곤 했다. 간간이 아픈 리뷰도 있긴 했지만 시간을 들여 게시물을 남겨 준 이들은 대부분 내 글에서 좋았던 점을 어떻게든 찾아내 주었다. 차가운 도시 작가가 되겠다는 계획과 달리 열심히 하트를 눌렀다. 때로는 고맙다는 인사를 남기기도 했고, 응원의 말을 남기기도 했다. 지망생의 삶을 다룬 이야기인 데다 독립출판물이라는 점도 영향이 있었는지 자신의 꿈에 대해 들려주는 이들도 적지 않았다. 누군가는 나처럼 소설을 쓰고 있었고, 선생님이 되기 위해 준비를 하는 사람도, 그림을 그리는 사람도 있었다. 오랜 공무원 시험 준비로 지친 사람도, 지망생 시절에서 벗어나 웃으면서 읽는 사람도, 여전히 지망생이라 아파하며 읽는 사람도 있었다. 그들은 책에 공감하고 나는 그들에게 또다시 공감하는, 떨어져 있으나 어쩐지 연결된 느낌이 드는 묘한 경험이었다.

　　모든 책이 그런 경험을 안겨 주는 건 아니었다. 『펑』이후로는 리뷰들의 결이 사뭇 달라졌다. 책 소개에 어김없이 '공모전 당선작'이라는 문구가 들어갔고, 좋든 나쁘든 소설의 완성도에 대해 논하는 글이 많았다. 아무리 좋은 말이 쓰여 있어도 성적표를 받는 기분을 지울 수 없었다. 물론 아무 반응 없는 것보단 성적표를 받아 드는 편이 훨씬 좋다. 나는 궁금증을 참지 못하고 성적표를 찾고 또 찾았다. 친구들이 서점 순위를 캡처해서 보내 주기도 하는 바람에 나중엔 조금 무서워지기까지 했다. 내 성적표를 남들도 다 같이 보고 있다니. 그렇게 공포 아닌 공포에 떨고 있을 무렵 글 하나를 보게 되었다.
　　퇴근하자마자 서점으로 달려가 『펑』을 구입했다는 이의 글이었다. 우리는 모르는 사이지만 아는 사이기도 했다. 『망생의 밤』부터 내 글을 따라 읽고 좋아해 주는 나의 1호 팬이었다. 유난히 마음이 가는 작가가 있는 것처럼 유난히 마음이 가는 팬이 있는 법인지라(유일하다고 해야 할 것 같지만) 팔로우를 하고 있었다. 감사 인사를 하고 얼마 지나지 않아 또다시 글이 올라왔다. 책에 대한 내용도 있었지만 내 마음을 울린 건 다름 아닌 이런 문장이었다. "많은 인물들의 마음을 파고드느라 얼마나 고단했을까." 그 마음이 고스란히 느껴져 더욱 공감하면서 읽었다는 그 문장을 읽는 순간 나도 모르게 찔끔 눈물이 났다. 나를 더 쥐어짜는 한이 있어도 좋은 글을 써야겠다고, 더 공감할 수 있는 인물을 그리고 말겠다고 의지를 다졌다.

나쁜 일이 가져올 수 있는 최악의 여파는 기억상실이다. 단 한 번도 좋았던 적이 없었던 것처럼 깊은 수렁으로 데려간다. 그래서일까. 한동안 나는 이 일을 깜박 잊고 살았다. 출간 후 반짝 올라오던 리뷰 글도 뜸해졌다. 그런데 1호는 잊을 만하면 글을 올렸다. 유튜브를 시작하면서 내 책을 읽고 있는 영상을 올리기도 했고, 개정판이 나왔을 땐 친구들에게 돌릴 책까지 구입해 주었다. 아마도 우리 아빠 다음으로 내 책을 많이 구입한 사람일 거다.

시간이 흐르고 잊혀 가는 것 같을 때에도 한결같이 내 책을 좋아해 주고, 작은 경사라도 생기면 기쁜 마음으로 축하해 주는 모습이 한없이 고마우면서도 가끔은 신기하다. 나에 대해 전혀 알지 못하는 이가 내 글을 읽고 나를 좋아해 준다는 것. 나의 미래를 기대해 준다는 것. 연예인들은 다 이런 마음을 품고 살아가는 걸까. 내가 뭐라고 나를 이렇게 응원헤

주나. 정작 나는 갈팡질팡하고 있을 따름인데. 어쩐지 부끄러운 마음도 들고 조금 더 잘해 보자는 마음도 든다.

　어느 순간 투정을 부리는 것에 익숙해져 있었다. 원고를 쓰는 것도 힘들고 작가로 사는 것도 힘들다! 괴로운 기억만 머릿속을 가득 메우고 있는 것 같았다. 계속 그런 이야기만 하고 있다는 생각이 들어서 잠시 원고 쓰기를 멈춘 터였다. 이 책을 통해 내가 전하고 싶은 메시지가 무얼까. 작가 생활 녹록지 않으니 포기하고 돌아가세요~ 하고 싶은 걸까. 이 원고를 마지막으로 저는 행복을 찾아 떠납니다~ 당연히 이것도 아니다. 그럼 내가 할 수 있는 말이 뭐가 있을까, 하고 있을 때 문득 1호가 떠올랐다. 기대하지도 않은 고마운 진심을 마주했던 순간이, 핸드폰을 들고 그가 쓴 글을 보고 또 보았던 그때의 마음이.

　며칠 전 오랜만에 1호에게 디엠을 보냈다. 1호의 이야기를 쓰고 싶다고 하자 그는 흔쾌히 허락해 주었다. 차기작이 궁금했었는데 부담이 될까 조용히 지켜보고 있었다는 말과 함께 자신의 작은 마음을 소중히 여겨 주어서 고맙다는 인사를 되레 전해 왔다(맙소사. 작은 마음이라뇨. 제게는 과분할 만큼 큰마음인걸요). 지친 일상에 좋은 소식이 되었다는 말에는 또 한 번 감동하지 않을 수 없었다. 세상엔 놀랍도록 말을 예쁘게 하는 이들이 있는데, 쉽사리 흉내 낼 수 없는 이유는 말에 그들의 마음이 고스란히 담겨 있기 때문인 것 같다. 어여쁜 마음이 어여쁜 말을 만드는 법이다.

소설을 써서 좋은 점은 소설을 쓰는 것뿐이라고 여겼다. 내 뜻대로 할 수 있는 건 오직 글을 쓰는 행위밖에 없고(책이 되기 위해선 그마저 백 퍼센트라 할 순 없지만), 소설이 내게 가져다줄 수 있는 건 공모전 당선이나 인세 같은 것밖에 없다고 여겼다. 타인이 읽어주길 바라면서도 독자를 마주하기 전까지는 소설로 인해 내가 다른 사람과 연결될 것이라 기대하지 못했다. 책이 나온 후에야 소설을 완성하는 것은 독자라는 말, 내가 쓴 글이라도 온전히 내 것이 아니라는 말이 사실임을 체득했다. 오직 내가 보는 세상만 말하고 싶었지만 이제는 타인의 말을 듣고 싶어졌다.

가끔은 나도 나를 1호보다 응원할 순 없을 것 같고, 내 책을 1호보다 좋아할 순 없을 것 같다는 생각이 든다. 나 역시 그가 어떤 사람인지 잘 알지 못하지만(아무래도 천사겠지) 그의 행복을 응원하게 된다. 비록 멀리서 바라는 마음이지만, 어떤 마음은 멀리 있어도 가깝게 느껴지는 법이다.

3부

포기하지 말자는 주문

## 초고는
## 초고일 뿐

———

　　카톡을 보내고 잠시 후 어떤 생각이 번뜩 떠오른다. 아뿔싸, 내 마음은 그게 아니었던 것 같다. 내 말을 오해하면 어떡하지? 재빨리 카톡을 다시 보낸다. 혼자 뭐 하는 거냐는 지적을 듣기 전까지 이 습관이 이상한 줄 몰랐다.

　　일단 말을 건넸으면 상대가 답을 하기 전까지는 기다려야 한다는 지적이었는데, 나로선 어차피 한 번에 확인할 테니 상관없는 것 아닌가 싶었다. 그래 봤자 두세 마디일 뿐인데. 누가 들으면 폭언이라도 쏟아낸 줄 알겠다며 투덜거렸다. 그런데 뒤늦게 생각해 보니 얼른 대답하라는 압박처럼 느껴질 수도 있을 듯했다. 내게 별것 아닌 일이 다른 이에겐 너무도 별것일 수 있으니까. 나는 내가 한 말이 어떻게 읽힐지는 무척 신경 쓰지만 상대가 대답을 늦게 하든 안 하든 그

건 개의치 않는 편이다. 사람들이 카톡 답장 속도를 신경 쓴다는 것을 최근에야 알았다. 나는 오직 빨간 알람을 없애기 위해 답장을 한다……

'스스로 돌아보기'가 취미인 사람으로서 그냥 넘어갈 수 없었다. 왜 자꾸만 카톡 내용을 번복하고 정정하는지 그 원인을 찾아 나섰다. 돌아본다고 해서 꼭 고치는 것은 아니지만. 그렇게 찾아낸 원인 몇 가지 중 하나가 직업병이었다.

지나간 시간은 돌아오지 않고 인생은 앞으로만 흘러가는 법이지만 문장은 끊임없이 이전으로 돌아가고 원고는 계속해서 다시 쓰인다. 백지 안에서는 엎질러진 물도 주워 담고, 무너진 건물도 다시 세운다. 진정한 타임루프의 세계다. 화장실 청소를 하다가도 노트북 앞으로 달려가 한 세계를 엎어 버리곤 하는 내가 가장 많이 사용하는 키는 당연하게도 백스페이스다. 지우고 또 지우면서 쓰는 게 익숙한 나머지 부담 없이 문장을 이어 가곤 한다.

몇 년 동안 나는 초고만 썼다. 지망생 시절 늘 무언가를 쓰고 있었지만 한번 완성한 원고는 다시 들여다보지 않았다. 매년 개최되는 공모전의 수가 많다고 할 순 없어도 적지도 않다. 중복 투고를 허용하지 않는 경우가 대부분이라 아무리 열심히 써도 전부 도

전할 수는 없다. 탈락한 원고를 보완해서 다시 보내는 이들도 있지만 나는 늘 공모전 스케줄에 맞춰 허겁지겁 새로 썼다. 당연히 완성도가 떨어질 수밖에 없었다. 그때 내가 받은 평은 대부분 "끝이 무너진다"는 거였다. 내가 입에 달고 살았던 말은 "시간이 있으면 정말 잘 쓸 수 있는데"였다. 길게 보면 하나를 제대로 쓰는 게 시간 절약하는 방법이었겠지만 어쩐지 그땐 하루하루가 너무 급했다. 수정은 생각지도 못했다. 무슨 말을 해야 할지 고르고 또 골랐고, 그러다 보면 얼어붙어서 조금도 움직이지 못했다.

어떻게든 잘 써서 본때를 보여야 한다고 다짐했던 그때와 달리 한 권의 책이 나오기까지는 몇 번의 수정을 거친다는 것을 알게 된 지금은 초고에 예전만큼 압박감을 느끼지 않는다. 다시 쓸 수 있다는 걸 알게 된 후 더욱 생각 없이 초고를 쓰게 되있다.

초고는 초고일 뿐.
초고는 다 쓰레기야.

흔히 듣던 말을 나도 하게 되었다. 말이 씨가 되는 건지 보이는 대로 말하는 건지 가끔은 정말 눈 뜨고 봐 줄 수 없는 지경이 되기도 한다. 여러 번 고쳐서 완성하는 지금의 원고가 완벽한 초고에 매달릴 때보다 좋아졌는지 묻는다면 잘 모르겠다. 그때보다 안 좋아진 것 같기도 하다. 어떻게든 해결하고 넘어가려 했던 안간힘은 사라지고 막히면 일단 패스를 외치게 된다. 시간과 노력이 필요하다는 말에 숨고 있는 건 아닐까 싶기도 하다. 초고는 어차피 구리다는 말을 아무렇지 않게 한다. 왜? 고칠 수 있으니까. 아니, 어차피 고치게 될 테니까.

　　같은 제목을 달고 있음에도 초고와 완고는 전혀 다른 이야기다. 가끔은 사건도 다르고 이름도 다르다. 중간에 인물의 이름이 섞여서 이게 누구였더라, 아니 누구였지, 헷갈릴 때도 있다. 무대가 바뀌기도 하고 없던 인물이 들어오기도 한다. 사실 나는 이 지난한 과정을 꽤나 좋아한다. 처음과 달리 결국 어디로 갈지 모른다는 게 꼭 인생 같기도 하다. 생각지도 못한 인물에게 연락이 오고, 죽을 때까지 만나지 않을 줄 알았던 사람을 스쳐 가게 되고, 계속 함께하고 싶은 사람과는 헤어지게 되고. 비단 이야기에서만이 아니라 이야기를 만들어 가는 과정에서도 그런 일들은 벌어진다. 초고에서 사랑에 빠졌던 이는 재수정 글자가 붙은 파일에서는 사랑 따위 절대 믿지 않는 시니컬한 사람이 되어 있기도 하다. 그래서인지 내가 쓰는 글이라도 이상하게 처음에는 정이 붙지 않는다. 두세 번쯤 고치고 난 후에야 얘가 세상에 나올 수 있을지,

네다섯 번은 더 가야 할지 알게 된다.

어쩐지 책임감이 조금 없어졌다고나 할까. 오직 한 번의 기회뿐인 줄 알았을 땐 내 모든 것을 쏟아 내리라 결심하고 정말이지 단거리 선수처럼 달렸는데, 마라톤이라는 생각을 하자마자 페이스 조절은커녕 속도는 나중에 올리면 되지 느긋하게 가 보자, 하고 마는 기분이다. 거기에 언제든 고칠 수 있다는 안일한 마음까지, 어쩐지 믿지 말아야 할 것은 초고가 아니라 나인 것 같다.

그 어떤 작가도 초고는 보여 주지 않는다는 글을 본 적이 있다. 초고라며 내미는 글도 사실은 진짜 초고가 아니라는 거였다. 나 역시 작가가 된 후로 진짜 초고를 남에게 보여 준 적이 없다. 대외적 초고가 있을 뿐이다. 어설프게나마 짜임새를 갖출 만큼은 수정을 하고 난 후에야 쭈뼛거리면서라도 보여 줄 수 있다. 그러곤 꼭 덧붙이는 거다. 초고라고.

조금이라도 잘 쓰는 사람처럼 보이기 위해서 그러는 건 아니다. 사실상 진짜 초고는 초고가 아닌 예고 수준이고, 소설이라는 구색만 갖춘 영 미덥지 않은 상태인 것이다. 그러니까 초고가 구리다고 말하는 건 포기하지 말자는 주문이기도 하다. 소설을 쓰다 보면 이 이야기는 버릴 수밖에 없겠다는 매정한 마음과 함께 자기 연민이 가득한 사람이 되곤 하는데, 나는 초고가 완성된 후에 가장 그렇다. 일단 끝을 냈으니 하나의 이야기를 얻었다고 볼 수도 있겠지만, 실은 이때 처음으로 가능성이 사라진 세계를 마주하게 된다. 구색은 맞춰 놨지만 재미가 없을 때, 손을 대자니 너무 복잡하고 누가 봐도 별로일 것 같을 때, 와, 이렇게 못 쓴다고? 진짜 최악 아니야? 일명 '내 글 구려 병'이 발현될 때, 바로 그때가 나로선 초고를 끝낸 직후다. 지난 시간을 생각하면 쉽게 버릴 수도 없다. 꺼진 불도 다시 봐야지. 샅샅이 뒤져서 미세한 불씨라도 찾아내야지. 하는 마음으로 초고는 원래 구리다 원래 구리다 되뇌는 거다. 스스로에게 최면을 걸 듯.

가끔은 인생도 글처럼 고칠 수 있었으면 좋겠다. 자, 수정1 갑니다, 수정2 갑니다, 하면서. 물론 수정을 한다고 꼭 좋아지는 건 아니다. 인생은 글과는 달라서 뭔가 고쳐 보려고 할 때 더 엉키기도 한다. 그런 점에서 보면 엉망진창 초고도 위안이 된다. 인생에 하나쯤은 되돌릴 수 있다는 게 나쁘지 않을지도 모르겠다.

요즘엔 초고를 쓸 때 좀 더 신경을 쓴다. 초고가 쓰레기라니. 초고에게 무슨 잘못이 있겠나. 쓰레기로 만드는 내 잘못이지. 물론 이 글 역시 초고 아닌

초고다. 책이 나올 때까지 몇 번의 수정을 더 거칠지
는 확신할 수 없지만.

# 아무렇게나
# 쓰기

———

앗, 글을 어떻게 쓰는 거더라?

이럴 때면 정말 당혹스럽다. 소설을 어떻게 쓰는 거더라? 하는 것도 아니고, 문장 자체를 어떻게 쓰는지 까먹은 기분이다. 마치 내 전화번호를 까먹은 것 같다고나 할까. 엄마 전화도 아빠 전화도 아니고 내 전화번호를.

분명 책상 앞에 앉기 전까진 계획이 있었다. 나의 주인공이 어떤 상황을 마주할지, 어떻게 행동해 나가야 할지 머릿속에 들어 있었다. 이 정도면 30매는 거뜬하다, 딱 30매 쓰고 밥 먹어야지, 결심도 했다. 누구나 맞기 전까진 그럴싸한 계획을 갖고 있다더니. 이거 참, 결정타는커녕 새도복싱도 못 하겠다.

일단 침착하자. 나는 한국인이다. 고로 한글로 된 문장을 얼마든지 쓸 수 있다. 어찌어찌 한 문장을 써 본다. 어딘가 이상하고 어색하다. 특별한 단어도 아닌데 난생처음 보는 단어 같다. 바로 지운다. 다시 써 본다. 조금은 익숙한 단어처럼 보인다. 그런데 문장 조합이 영 이상하다. 어쩐지 처음 배우는 외국어를 하는 기분이다. 지우고 다시 쓴다. 이번엔 단어도 문장도 제대로 된 것 같다. 그러나 내가 쓰려던 문장은 아닌 것 같다. 몇 번이나 같은 과정을 반복한 후 결국 창을 닫는다. 그리고 새 문서를 연다. 이전과 똑같은 화면이지만 엄밀히 다른 화면이다. 평소처럼 줄 간격을 맞추고, 폰트를 바꾸고, 쪽 번호부터 매긴다. 그리고 다시 쓴다. 앗. 조금 전 쓴 문장과 똑같다. 지운다. 아무래도 폰트가 거슬리는 것 같다. 폰트를 한번 바꿔 볼까? 바꾼 폰트로 다시 쓴다. 그래도 마음에 들지 않는다. 폰트는 예쁜데 어쩐지 내 글 같지 않다.

이럴 때면 타인의 글도 눈에 들어오지 않는다. 몇 번을 읽어도 질리지 않던 소설도, 깔깔 웃으며 봤던 에세이도, 베스트셀러를 쓰는 방법이 적힌 책도, 잔뜩 기대했던 신간을 펼쳐도 마찬가지다. 어쩐지 모든 문장이 어색하게 느껴진다. 안도감과 불안감이 동시에 든다. 지금은 글 자체가 눈에 들어오지 않는가 보구나. 그런데 계속 이 상태면 어떡하지.

—나 어떡해? 한 글자도 못 쓰겠어.

—좀 쉬어.

초조함에 카톡을 열고 친구들에게 메시지를 보내 보지만 돌아오는 답은 똑같다. 정답인 것 같긴 한데 친구를 잘못 사귄 것 같기도 하다. 공감 능력 없는 것들! 아무도 내 마음 몰라! 싶으면서도 가만 생각해 보니 별수 없다. 안 써지면 안 쓸 수밖에. 쓰고 쉴 계획이었지만 쉬고 쓰는 걸로 순서만 바꾸면 되는 것 아닌가. 일단 밥부터 먹자. 그렇게 갑자기 밥을 챙겨 먹고 청소도 하고 빨래도 해야 될 것 같다. 참 이상한 일이다. 평소엔 시간이 걸리는 것도 놀랍도록 빠르게 해치운다. 시간이 이렇게 안 갔다고? 또다시 당혹스러운 기분이 되고 만다.

그래, 문을 열고 나가면 바깥세상이 기다리고 있다. 영화나 보러 갈까? 상영작을 살펴보지만 어쩐지 볼 게 없다. 전시나 보러 갈까? 보고 싶었던 전시가 있었던 것 같은데 준비를 하고 나가는 게 귀찮다. 그렇다면 운동밖에 답이 없는 걸까? 아니다. 지금은 운동할 상태가 아니다. 온몸에 힘이 들어가지 않는다. 그야말로 녹다운. 아무것도 할 수 없는 상태인 거다.

작가는 글을 써야 작가다.

하필이면 이럴 때 이런 문장이 떠오른다. 지금 나는 글을 쓰고 있지 않으니 작가가 아니다. 내가 바로 이 구역 백수다. 아무것도 아닌 존재! 무의 존재! 우주의 먼지만도 못한 존재! 그렇게 땅굴을 파고 들어가려 해 보지만 그조차 귀찮다.

"엄만 진짜 편하게 키웠어. 울지도 않고 어찌나 가만히 잘 있는지. 자는 건가 하고 보면 멀뚱멀뚱 누워서 웃고 있고 그랬어."

엄마는 아기를 볼 때마다 이렇게 말한다. 두 살 터울 남매를 키우는 게 편했을 리가 없지만, 적어도 내가 울지 않고 잘 누워 있는 아기였다는 건 분명했다. 누워서 무슨 생각을 했기에 혼자 웃고 있었는지는 잘 모르겠지만 어쨌든 조용히 누워 있는 데에는 탁월한 능력을 보였던 게 틀림없다. 그야말로 천부적인 재능이다. 어른이 된 지금까지도 누워 있는 걸 몹시 좋아하지만 막상 누워 있으면 불안하다. 무슨 생각이라도 해야 될 것 같은데 무슨 생각을 해야 될지 모르겠다. 문장이 써지지 않았던 것처럼 생각마저 떠오르지 않는다. 그렇다고 잠도 오지 않는다. 문득 궁금해진다. 어떻게 내가 할 수 있을 거라 믿는 거지? 내가 무슨 일을 해도 싫은 소리 한번 하지 않던 엄마가 신기하게 느껴진다. 글이 써지지 않는다는 말을 해도 엄마의 반응은 똑같다.

"엄마는 내 딸이 진짜 멋있다고 생각해!"

나는 그 말을 한 번도 믿지 않았다. 객관적으로

엉망진창일 때도 엄마는 늘 내게 멋지다고 말해 주었으니까. 아빠 말로는 엄마는 나한테 콩깍지가 씌어도 단단히 씌었다고 한다. 아니라곤 못 하겠다. 내 글이 책이 되어 나오기 전부터도 이렇게 말해 주었으니까.

"엄마는 한 줄도 못 쓰겠는데 어떻게 한 권을 뚝딱 써. 누구나 쉽게 할 수 있는 일이 아니야. 자부심을 가져."

그럴 때면 글을 읽는 사람보다 쓰는 사람이 더 많대, 이 정도 쓰는 사람은 널리고 널렸어, 하고 투정을 부리곤 했다. 엄마도 결코 주눅 드는 법 없이 아니, 난 그래도 대단하다고 생각해! 큰 소리를 쳤고, 그런 엄마가 웃겨서 결국 웃고 넘어가는 식이었다.

한 줄도 못 쓰겠는 기분이 들자 나 역시 새삼 대단하다는 생각이 들었다. 어떻게 한 편을 썼던 걸까. 내가 나를 무시하고 있었나. 왜 나는 내가 하는 일을 별것 아니라고 깎아내리지 못해서 안달이 났던 걸까. 겸손하지 못한 꼴불견이 되지 않기 위한 최소한의 노력이었을까. 아니면 마음속 깊은 곳에서 나는 안 될 애라고 스스로 암시하고 있었던 걸까. 그런 거라면 당장 그만둬야 하는 거 아닌가? 그러나 여기까지 이르면 알게 된다. 이렇든 저렇든 당장 그만둘 마음이 눈곱만큼도 없다는 것을.

어떻든 쓰고 싶다는 이 마음이 어디서 온 건지 순간 궁금해진다. 재빨리 폰을 켜고 메모장에 들어가 이런저런 생각을 쓰기 시작한다. 일기라면 일기고, 낙서라면 낙서다. 그렇게 마구잡이로 쓰다 보면 갑자기 소설을 쓸 수 있을 것 같다. 몇 시간 전에는 죽어도 생각나지 않던 문장이 떠오른다. 얼른 책상으로 가 문서를 연다. 문서로 옮기고 나니 머릿속에 들었을 때만큼 괜찮은 것 같진 않지만 그래도 일단 시작했으니 그다음 문장도 쓴다. 계속 쓴다. 그러다 보면 한 문단을 넘어서고 한 장이 넘어가 있다. 몇 시간이 지나면 원래 목표했던 양을 채우게 된다. 처음의 공포와 달리 잘 썼는지는 하나도 중요하지 않다. 그저 썼다는 것만으로 충분하다.

책은 함께 만들어 가는 것이지만 글은 혼자 해내야 할 몫이다. 마감에 쫓겨 약속을 두어 번씩 취소하고 혼자 방에 틀어박혀 있을 때보다 오늘 같은 날 더 실감한다. 내가 나를 움직일 수 없다면 단 한 글자도 주어지지 않는다. 결국 자신과의 싸움이라는 게 고통스럽게 느껴질 때도 있지만 동시에 마지막 순간 오롯이 혼자만의 기쁨을 누릴 수 있기도 하다. 세상의 평가가 어떠하건 끝까지 경기를 치른 자신이 조금은 기특하게 여겨지는 거다.

물론 이 순간은 아주 짧다. 곧이어 머리를 쥐어

뜯고 싶은 순간이 다시 찾아올 것이다. 그럼에도 그 모든 고비를 잠시나마 잊게 하는 순간이다. 가끔은 바로 이런 순간 때문에 글을 쓰고 있는 게 아닐까 싶다. 내 안의 이야기를 다 꺼낸 뒤 마침표를 누르는 이 홀가분함 때문에.

# 다시 돌아온
## 올림픽

———

　〈리얼 드릴즈 여자 야구단〉을 연재할 때 내 모든 여가 시간을 야구 보는 데 썼다. 일석이조란 이럴 때 말하는 것 아닌가. 이거야말로 합법적 딴짓이다.

　야구에 빠진 건 대학교 때였다. 뒤늦게 복수전공을 한 터라 과제 폭탄이 이어졌다. 실기 수업을 몰아서 듣다 보니 학기 내내 자취방에서 과제만 했다(컴퓨터 앞을 떠나지 못하는 게 내 운명인 것 같기도 하다). 그때마다 늘 야구를 틀어 놨었다. 소리만 들어도 재밌는 게 야구 중계니까. 결정적 장면이 나올 때면 재빨리 시선을 돌려 야구에 몰입하곤 했다. 주말이면 야구장을 갔다. 말 그대로 열정적으로 야구를 봤다. 야구를 좋아하는 선배를 만날 때면 서로의 팀을 까느라 바빴다. '내 새끼 패도 내가 팬다'가 야구팬들의 기조이므로 상대가 우리 팀 선수를 욕하는 건 결코 용납지 못한다. 설령 공감이 될지라도.

　　연예인보다 야구 선수를 좋아하고, 세계야구선수권대회까지 챙겨 봤지만 졸업을 하면서 점차 시들해졌다. 삶의 고단함은 취미부터 앗아 가는 법이다. 간간이 채널을 돌리다 보게 되거나 등수를 확인하는 정도로 그쳤다. 좋아하는 팀이 가을야구에 올라가지 못하면 한국시리즈도 패스하곤 했다. 그렇게 야구와 멀어진 삶을 살고 있었으나 또다시 야구에 불이 붙은 것이다.

　　아니 이 좋은 걸 잊고 살았다니. 다만 야구를 보면 화도 느는 법이어서 예전만 못하다느니, 그렇게 못할 거면 2군으로 가라느니, 야구팬들이 하는 온갖 잔소리를 혼자 중얼거리며 보곤 하는데 사실 그마저 재밌다. 여전히 현역으로 뛰고 있는 선수를 보면서 새삼 감탄하기도 했다.


　　원고가 막힐 때도 그렇게 한참 야구를 보다 보면 까짓것 한번 해 보지 뭐, 하며 쓰다 만 파일을 열게 되는 패기가 생겨난다. 자고로 스포츠란 심장을 뛰게 만드는 법이다. 심지어 야구는 9회 말 2아웃부터라는 말이 있을 만큼 역전의 스포츠이기도 하지 않나. 반전이 만들어 내는 감동. 내가 노려야 하는 게 바로 그것이다. 승부는 지금부터다! 그렇게 술술 써 나간다면 진짜 멋질 텐데…… 야구를 보는 것과는 달리 야구의 승부를 묘사하는 건 쉽지 않은 일이었다. 상황을 묘사하고 있으면 박진감이 날아가 버리는 기분이 들었다. 그렇다고 탕- 휘리릭- 세이프! 아웃! 하는 식으로만 전개할 수도 없는 노릇이다. 과연 세이프인가 아웃인가. 태그에 성공을 했느냐 못 했느냐. 그 순간 선수들의 표정은 어떠했고, 어떤 간절함이 깃들어 있는가. 머릿속 한 장면이 마구 엉켜 버린다. 어찌어찌 경기를 담아내고도 역시나 허전하다. 야구의 재미를 느끼고 싶다면 소설이 아닌 경기를 보는 게 훨씬 낫다. 스크롤을 내리다 보면 나조차 그냥 야구나 봐야지 하는 마음이 들곤 했으니까. 돌파구를 고민해야만 했다.

지나친 걱정은 인생에 도움 될 게 없다지만 소설을 쓸 때만큼은 고민하는 시간을 아까워해서는 안 된다. 나는 이 사실을 조금 늦게 알아 버린 터라 꽤나 오랫동안 '고민하는 나'를 책망했다. 재능이 없는 게 틀림없다면서. 매 장면마다 무슨 이야기를 하려는 건지, 이 문장이 어떤 의미인지 끊임없이 질문을 던져야 하는 게 산문의 미학이라는 말을 들은 후에야 안심했다.

다시 소설로 돌아가서, 우리는 스포츠물을 왜 보는 것일까. 소설이나 실제 경기나 주인공, 즉 내가 응원하는 팀이 이기길 바라는 마음은 똑같다. 아! 마음! 소설에서의 긴장감은 경기를 치르는 인물들의 마음에 달려 있다. 그들의 간절함이 이기는 장면을 보고 싶은 거다. 설령 패배하더라도 이겨 내고자 쌓아 온 마음이. 스포츠가 많은 이들의 열광을 이끌어 내는 건 그 마음에 있었다.

이 원고를 쓰고 있는 지금, 공교롭게도 올림픽 기간이다. 처음엔 별로 관심이 없었다. 올림픽 하는구나, 다들 힘내, 정도의 영혼 없는 태도였기에 굳이 챙겨 볼 마음도 없었다. 그러다 화제가 되는 인물이 나오기 시작하고, 친구들 사이에서도 언급이 많아지자 어느새 나도 올림픽 경기를 보고 있었다. 무엇보다 인상적인 건 경기를 끝낸 선수들의 인터뷰였다. 그중에서도 역시 사격의 김예지 선수가 한 말이 기억에 남는다.

"0점을 쐈다고 해서 세상이 무너지는 건 아니잖아요. 이번 시합 하나로 제가 사격을 그만두는 것도 아니고요. 스포츠가 중요하긴 하지만 인생의 전부는 아니기 때문에 울 일은 아니죠. 슬프긴 하지만 4년 뒤 더 좋은 모습을 보여 드릴게요."

긴 시간 에너지를 쏟아 내며 해 온 일에 대해 인생의 전부는 아니라고 말하면서도 계속 나아가겠다는 다짐이었다. 실력만큼 태도도 멋진 건지, 태도가 멋져서 굉장한 실력을 갖게 된 건지.

에세이를 쓰며 소설이 내게 어떤 의미인지 되묻

고 있는 중이다. 소설 역시 내 인생의 전부는 아니다. 그렇지만 소설 때문에 인생이 달라졌다고는 생각한다. 그것도 나쁜 쪽으로. 그렇다고 최악의 인생을 살고 있는가 하면 그건 아니다. 한 작품이 잘되지 않으면 내 인생이 끝났다고 여겼고, 다음을 준비하면서도 다음이 오지 않을까 봐, 다음마저 망쳐 버릴까 봐 걱정하고 있었다. 그 걱정 때문에 내 인생에서 몰아내야 하는 것 아닐까 고민에 빠졌었다. 한마디로 소설을 쓰는 일 그 자체보다는 소설이 가져오는 결과만 빤히 바라보고 있었다. 금메달을 따지 않으면 어떠냐, 메달 색깔에 집착하는 것만큼 촌스러운 게 없다, 하면서도 스스로에게는 촌스럽게 굴고 있었다.

애써 숨기고 살았지만 나는 적지 않은 승부욕의 소유자다. 그 승부욕이 피곤해서 최대한 승부를 피하려고 노력한다. 안 될 싸움은 그냥 포기부터 하고 본다. 유치원 때였다. 운동회에서 장애물 달리기가 있었다. 나는 일등으로 달리고 있었다. 계속해서 앞구르기를 해야 하는 순간, 매트 앞에서 멈춰 버렸다. 앞구르기는 내가 잘 못하는 거였고, 못하는 걸 시도하는 게 무서웠다. 결국 뒤에서 달려오던 아이들이 앞구르기를 하고 나를 추월한 후에도 가만히 서 있었다. 일등으로 달렸으나 꼴등으로 들어온 경기에 엄마 아빠는 귀엽다며 웃음을 터뜨렸지만, 나로서는 처음으로 자존심에 스크래치가 난 경험이었다(그 치욕의 순간은 여전히 사진으로 남아 있다). 그날 이후로 온 힘을 다해 달려 본 적이 없을 뿐더러 최대한 승부를 피했다. 억눌린 승부욕이 발동되는 순간은 게임을 할 때뿐이다.

소설과 다르게 인생은 승부를 피하고도 그럭저럭 살 수 있다. 문제는 그렇게 피하다 보면 내가 전혀 원치 않았던 곳에 어느새 다다르게 된다는 거다. 최선을 다해 쓴 소설이 외면받는 게 싫어서 적당히 힘을 들이다 포기하기도 하고, 미움받는 게 싫어서 거절 못한 제안을 받아들이며 스스로 곪아 가도록 방치하기도 한다. 내가 원한 건 아니었다는 말로 도망칠 수는 있지만 그 뒤에 비겁한 내가 숨어 있다는 것도 잘 안다.

경기가 끝난 후 결과에 상관없이 홀가분한 얼굴들을 본다. 타인의 말에 아랑곳하지 않은 채 웃는 얼굴들도 보인다. 자신의 모든 것을 쏟아 내 본 자만이 얻을 수 있는 태도였다. 메달보다 값진 건 그 태도에 있을 거다.

연재가 끝난 후 아직 새로운 소설을 공개하지 못했다. 그동안 빨리 신작을 내놓아야 한다는 마음으로 초조했다. 이것저것 조금씩 끄적거리며 어느 하나에 집중하지 못하면서도 뭐든 빨리 마무리해야 한다는 강박을 느꼈다. 과정보다 결과가 중요했다. 이제야 알 것 같다. 과정에 떳떳하지 못하다면 어떤 결과에도 웃을 수 없으리라는 걸. 수많은 소설을 결국 묵힐 수밖에 없었던 이유도 마찬가지일 거다.

요즘은 소설 하나를 고치고 있다. 이 세계를 좀 더 풍성하게 만들기 위해. 시간이 얼마나 걸릴지는 모르겠다. 하지만 이 소설을 끝낼 때쯤엔 내가 할 일은 다 했다고 홀가분하게 말할 수 있기를 바라고 있다. 그 기간이 4년보다는 짧았으면.

# 운동을
# 찾습니다

―――

    글을 쓴다는 이유로 끈기 있다는 말을 종종 듣는다. 그럴 때마다 손사래를 친다. 그도 그럴 것이 소설을 쓰기 전까진 끝까지 하는 게 도무지 없었다. 밤을 지새우며 흠뻑 빠졌던 일도 금세 질리곤 했다. 도전의 문턱도 낮고 포기의 문턱도 낮았다. 관심이 생기면 일단 해 보고, 안 맞다 싶으면 쉽게 돌아섰다. 나를 오래도록 봐 온 이들은 그걸 잘 알고 있었는데, 얼마 전 핑키가 대뜸 이러는 거다.

    "내 주변에 너만큼 인내심 있는 애 없는데? 한끈기 하지."

    너마저 나를 몰라보는 거냐며 정색했지만 되레 나의 끈기를 인정하라는 말을 들었다. 자기였으면 진즉 포기했다는 말과 함께. 데뷔한 지는 이제 4년 되었지만 공모전에 도전한 게 5년이 넘었으니 꽤 오래 소설을 써 온 것은 맞다. 소설을 붙잡고 있었던 덕분에 끈기 있는 사람이 되고 말았다. 정확히 말하자면 끈기가 있어서 글을 쓴 게 아니라 글을 쓰다 보니 끈기가 생겼다. 미완성 소설이 수두룩하다는 점에서 어쩐지 앞뒤가 맞지 않다는 느낌을 지울 수 없지만. 하나가 끝나면 전혀 다른 하나가 또다시 시작되는 일을 반복하다 보니 뜻하지 않게 꾸준할 수 있었다. 끈기가 없어 고민이신가요? 소설을 쓰세요! 언젠가 글쓰기 교실을 차리게 된다면 광고 문구로 써먹어야겠다.

소설 말고도 또 하나 있다. 운동. 늘 운동을 하고 있지만 매번 빠져 있는 운동이 다르다.

"글 안 쓰고 태릉 갈 거야?"

한동안 전화를 할 때마다 수영장에 가고 있거나 나오고 있거나 했던 탓에 핀잔 아닌 핀잔을 들은 적이 있다. 수영에 한창 빠져 있던 2년 동안 매일같이 수영장을 갔다. 하루에 두 번을 간 적도 있다. 피치 못할 사정으로 일주일간 수영장을 가지 못했을 땐 우울증이 오는 것 같았다. 지금은 간간이 너무 답답할 때만 간다. 여전히 가장 좋아하는 운동은 수영이지만.

수영뿐만이 아니다. 복싱에 빠졌을 땐 일주일에 세 번만 오라는 말을 무시하고 계속 복싱장에 나가다가 무릎 연골 사이 근육이 찢어지는 바람에 계단조차 올라가지 못했다. 볼링에 빠져 있을 땐 진지하게 선수

준비를 해 보라는 말도 들었다. 일반인도 뒤늦게 선수가 될 수 있는 종목이니까. 늘 이런 식이었다.

"필라테스는 잘돼 가?"

"나 요즘 헬린이야."

"요즘도 PT 받아?"

"나 요즘 클라이밍 다녀."

미완성 소설과 소설 사이를 오가는 것처럼 운동 역시 뜨내기처럼 옮겨 다녔다.

『망생의 밤』집필 당시 수영에 빠져 있었고 『평』을 쓸 때는 복싱, 〈리얼 드릴즈 여자 야구단〉을 연재할 때는 필라테스를 했다. 글은 엉덩이 힘으로 쓰는 거라지만 그것만으로는 한계가 있다. 소설이 하루아침에 뚝딱 나오는 건 아니고, 뇌를 쉬지 않고 돌리다 보면 어느 순간 멈춰 버린다. 더는 일을 못 하겠으니 좀 쉬겠다고 파업이라도 하는 것 같다. 용납지 않겠다고 버텨 봤자 소용없다. 나는 나라는 소설가의 고용주인 만큼 적절한 휴식을 알아서 보장해야 한다.

글쓰기 모드가 발동되면 사고 활동을 중단하거나 최소한으로 줄이는 경우가 많지만 나는 그런 시도는 하지 않는다. 친구들을 만나 사는 얘기도 듣고 맛있는 것도 먹는 게 오히려 리프레시가 된다. 사회생활하느라 바쁜 친구들은 안 그래도 만나기가 쉽지 않아서 웬만해선 평소처럼 지내려 하는 편이다. 동시에 1인 가구로서 생활인 모드를 끄면 집은 금세 엉망이 되어 버린다. 엉망진창 속에서는 집중이 되지 않으므로 글 쓰고 사람 구실도 하고 인간관계도 챙기기 위해선 체력이 필요하며 운동은 필수다.

그런 점에서 살기 위해 운동한다는 말이 꼭 농담인 것 같진 않지만 사실 내가 운동을 좋아하는 이유는 아무 생각 하지 않아도 되기 때문이다. 내게는 그 순간이 꼭 필요하다. 무념무상으로 숫자를 세며 몸을 움직이는 시간이 좋다. 평소 잡념이 많기도 하거니와 생각에 생각이 꼬리를 무는 타입인지라 머릿속이 텅 비면 비로소 자유인이 된 것 같다. 특히나 소설을 쓸 때는 머릿속이 늘 복잡하기 때문에 비워 내는 시간이 필요하다. 나의 운동 사랑은 소설을 쓰기 시작할 무렵 시작된 거였다.

재미가 없으면 등록을 해 두었더라도 기꺼이 포기할 것을 알기에 소설을 쓸 때면 나름대로 신중하게 종목을 고른다. 한 편의 작업이 끝날 때까지 루틴을 유지하기 위한 하나의 방법이기도 하다. 무리하게 복싱을 하다가 집필 후반부에는 복싱장이 아닌 재활의학과를 다녀야 했던 적도 있긴 하지만. 몇 번의 시도 끝에 내가 찾아낸 기준은 이렇다.

첫째, 재밌을 것. 둘째, 몸에 무리가 가지 않을

것. 셋째, 지금 내 몸과 마음의 상태에 맞을 것.

웹소설 연재 때도 이 기준을 두고 고민하다 사회인 야구단 가입을 결국 포기했다. 디테일을 살리기 위해선 직접 경험하는 게 최고이긴 해도 야구는 활동량이 많고 부상이 잦은 운동이다. 간혹 경기 내내 뛰는 축구와 비교하며 설렁설렁 한다는 오해가 있지만 도루를 위해선 평소 달리기 훈련도 해야 하고 배팅은 팔뿐 아니라 코어와 전신의 균형이 중요하다. 경기를 위해 준비해야 할 운동이 많았다. 팀 스포츠인 만큼 신경 쓸 일도 많을 터였다. 야구 대신 필라테스를 택했다.

의도한 건 아니었지만 연재가 끝나면서 필라테스도 끝이 났다. 차선이었지만 얻은 것도 있었다. 하루 종일 앉아 있으니 동적인 운동이 좋을 거라고 생각했는데, 균형을 잡는 차분한 근력 운동이 앉아 있는데 더 도움이 되었다. 오랫동안 고질병처럼 앓았던 허리 통증도 사라졌다. 그러나 필라테스를 지속하기엔 경험해 보지 못한 운동이 너무 많았고, 경제적 이유도 고려하지 않을 수 없었다.

최근 새로운 이야기를 기획하며 클라이밍을 시작했다. 그런데 생각보다 클라이밍은 하체를 많이 써야 하는 운동이었고, 복싱 이후로 무릎이 좋지 않은 내게는 무리인 듯해 중단해야 했다. 모두가 내게 클라이밍을 잘할 거라 말했지만 겪어 보니 내게 맞는 운동이 아니라는 걸 알았다. 역시 뭐든 해 봐야 아는 법이다. 신기하게도 운동을 멈추고 나자 새로 기획한 이야기 역시 멈춤 상태가 되어 버렸다.

소설과 운동. 어쩐지 전혀 어울리지 않지만 완벽한 한 쌍이 되어 버린 이 유기적인 관계를 나는 좋아한다. 다음 운동은 무엇으로 할지 고민이다. 언젠가 한번은 발레를 배워 보고 싶은데, 근육이 찢어지는 고통에 책상 앞에 앉지도 못하게 될까 봐 우려스럽다.

앞으로 몇 개의 운동을 더 경험하게 될지 궁금하다. 할 줄 아는 운동이 하나씩 늘수록 소설도 차곡차곡 쌓이겠지. 그리고 보면 소설 쓰기도 꽤 건강한 일인 것 같다.

# 주술의
# 힘

———

　새끼손가락에 얇은 금반지를 끼고 있다. 오른쪽 왼쪽 세트다. 이 반지에는 비밀이 있다. 아니, 숨긴 적은 없으니 비밀보다는 의미라고 해야 할 것 같다. 언젠가 읽은 책에서 유럽 작가들은 새끼손가락에 반지를 끼면 글의 요정이 내려와 잘 쓰게 해 준다고 믿는다는 글을 본 적이 있다. 나는 이런 이야기를 정말이지 좋아한다.

　글이 잘 써진다고? 그렇다면 껴야지!

　그 뒤로 몇 년간 쭉 반지를 끼고 있다. 반지의 의미에 대해 말하면 그런 걸 믿느냐며 웃는 사람도 있고, 어쩐지 비결이 있구나 하며 공감해 주는 사람도 있다. 어떤 이는 당장 반지를 사겠다고 말하고, 어떤 이는 자신만의 비결을 공개한다. 반지가 정말로 글을 잘 쓰게 해 주었나 하면 그건 잘 모르겠다. 글의 요정이 내려오는 일은 없다는 걸 알지만 글이 풀리지 않을 때면 괜스레 반지를 만지작거리게 된다. 반지를 빼놓기라도 했다면 얼른 다시 끼고 키보드 위에 손을 올린다. 반지 낀 손이 마법처럼 움직이면 좋을 텐데. 그래도 내겐 반지가 있다고! 생각하면 책상 앞을 떠나고 싶은 마음을 조금이나마 억제할 수 있다. 글이 잘 써질 때까지 일단 계속 껴 보자는 생각이다.

꽤나 많은 작가들이 이런 식의 믿음을 품고 있다. 타투를 하거나 책상 위에 인형을 놓아야만 한다거나 늘 장착하는 핀이 있거나. 특정 물건에 의미를 부여하는 방식 외에도 꼭 같은 카페의 특정 자리에서 쓰는 걸 고집하거나 손바닥에 스티커를 붙이는 경우도 보았다. 각양각색의 부적들인 셈이다.

부적을 품는 이유는 하나다. 미래를 확신할 수 없으니까. 그렇게 생각했었다. 그런데 이미 성공 가도를 달리고 있는 듯 보이는 작가도 여전히 자신만의 부적을 품고 있었다. 뚜렷한 스타일을 갖추고, 그걸 좋아해 주는 사람들이 있고, 분명한 문장을 쓰고 있는 것 같은 그들도 여전히 불안한 걸까.

글을 쓰건 그림을 그리건 흔들리는 파도 위에서 균형을 잡아야만 한다. 모든 일이 그렇다. 제아무리 훌륭한 서퍼라 할지라도 눈앞의 파도는 매번 새로운 법이다.

동네 친구와 함께 공원 나들이를 한 날 반지를 잃어버렸다. 줄을 서지 않고는 먹을 수 없는 만두를 포장해서 나무 그늘 아래 돗자리를 펴고 먹었다. 수다를 떨고 커피를 마시고 누워서 책도 보고 그야말로 완벽한 오후였는데 집에 돌아가는 길에 보니 반지가 없는 거다.

　　어디서 잃어버렸는지 감도 오지 않았다. 돗자리를 펼쳐서 털어도 보고 동선을 되돌아가며 뒤졌다. 줄을 섰던 곳 바닥을 샅샅이 살피고, 카페에 가서 혹시 반지를 보지 못했는지 묻고, 그렇게 공원까지 다시 갔다. 점점 어두컴컴해져서 핸드폰 조명까지 켜 가며 반지를 찾았지만 어디에도 없었다.

　　친구의 걱정에 나는 애써 태연한 척했다. 어쩔 수 없지. 새로 사야지. 글의 요정은 절대 포기할 수 없었다. 마지막으로 쓰레기를 모아 넣었던 봉지 안을 한 번 더 뒤졌다. 두 번째 시도였다. 포기하기 직전의 순간에 반짝이는 무언가가 보였다. 찾았다! 태연한 척 연기한 게 무색할 만큼 나는 반지를 치켜들고 좋아했다. 그날 이후 친구는 그 반지를 절대 반지라고 부른다.

　　반지를 찾을 때의 마음은 글을 쓸 때의 마음과도 비슷했다. 내 속에 있지만 확실히 잡히지 않는 무언가를 찾아 헤매고, 겨우 발견하는 순간 쾌재를 부른다는 점에서 말이다. 쓰레기 냄새가 조금 뱄으면 어떤가. 찾을 수만 있다면 쓰레기 더미를 뒤지는 건 물론이고 지나온 길을 자꾸만 헤매면서도 한 번만 더, 마지막으로 한 번만 더, 그렇게 계속 나아가는 것이다.

한동안 내 모습이 싫었다. 좀 더 솔직히 말하자면 부끄러웠다. 정말 작가라고 할 수 있는 건지 스스로 의심하고, 내가 쓴 글은 보잘것없어 보이고, 어두컴컴한 곳에 혼자 남아 누군가 이미 버리고 간 무언가를 하염없이 찾고 있는 기분이었다.

어쩌다 누가 내 일에 대해 물으면 죄지은 사람처럼 구구절절 변명을 하는 게 구차해서 오히려 태연한 표정을 했다. 새로 사면 되지, 별거 아냐, 하면서도 그 자리를 떠나지 못하는 스스로가 너무 별로였다. 그 모습이 다른 사람에게 어떻게 비쳤는지 모르겠으나 내가 느끼기에는 그랬다. 그러면서 늘 나에게 물었던 것 같다. 왜 이렇게 사는 거냐고. 여기에 무엇이 있냐고. 그럴 때마다 속 시원히 대답할 수 없으면서도 여기 무언가 빠뜨린 것 같다고, 반드시 찾아야 한다고, 그게 내 손에 들어와야만 한다는 마음으로 있었다. 어쩐지 거창한 말 같지만 실은 별것 없다. 그저 헤매고 있었고, 그 이유를 스스로 확신하지 못했을 뿐이다. 그러니까 글 쓰는 일, 이 지난한 과정이 나를 자꾸 작아지게 만들어도 버티고 싶을 만큼 좋아한다는 것을.

나는 이 일이 좋다는 말조차 쉽게 내뱉지 못한다. 자신의 일을 좋아하는 사람을 볼 때마다 대단하다, 멋지다, 생각하면서 내가 그 말을 하는 건 어쩐지 민망했다. 말로만 듣던 '쿨병'인 걸까. 자신 있게 좋다고 말할 만큼의 성과가 없다고 느끼는 걸 수도 있겠고. 이렇게 쭈글쭈글한 마음은 가족에게도 친한 친구에게도 꺼내 놓기가 어렵다. 결국 스스로 해결해야 할 일이라는 것도 이제는 잘 안다.

그런 마음을 나는 소설 속 인물들에게 풀었던 것 같다. 그들은 조금 쭈글쭈글해도 괜찮으니까. 자격지심에 꼬여 있더라도 결국엔 극복할 테니까. 주인공이 비호감이라거나 정이 안 간다는 말을 들을 때면 그래서 마음이 아프다. 종종 조연이 더 매력적이라는 감상도 듣는데, 그건 아마 내가 나보다는 타인을 더 좋게 보기 때문일 거다.

숨기고 싶었던 마음을 말하고, 꽁꽁 숨기기 바빴던 마음을 타인의 글에서 보게 되는 것. 오직 내게만 있을 거라 생각했던 미운 마음들을 실은 너도나도 품고 있단 걸 알게 되는 것. 그 마음이 당신에게도 조금은 통하길 바라면서 반지를 만지작거리고, 타투를 어루만지고, 인형을 모니터 앞에 세워 두는 건지도 모른다.

그날 반지를 찾았을 때 옆에 있던 친구도 함께 소리를 질러 주었다. 돌아오는 내내 우리는 반지에 대해 한참 떠들었다. 어쩌면 나만 헤매고 있는 것은 아닐지도 모른다. 타인의 발견에 함께 기뻐한다는 건 자신도 곧 찾을 수 있을 거라는 희망과도 크게 다르지 않을 거다.

모든 일에 의미 부여를 할 수는 없겠지만 어느 정도는 필요하다. 누구든 자신의 삶에 작든 크든 의미가 있길 바랄 테니까. 아니라면 그 아님에 대하여 생각을 해 봐야겠다. 그야말로 또 하나의 의미심장한 이야기가 될 것 같다.

# 질투가
# 뭐예요?

————

　　자주 사랑에 빠진다. 무심결에 집어 들었다가 이내 자세를 바로잡고 책 속에 빠져들 때가 많다. 사랑에 빠진 자는 눈이 머는 법. 할 일은 미뤄 둔 채 끝까지 내리 읽는다. 책을 덮을 때까지 충만한 기분에 휩싸여 있다면 곧장 폰을 켜고 스토리를 올린다. 이 책 뭐죠? 너무 좋잖아! 하트 이모티콘 남발이다. 그렇게 고백하고 나면 초조해진다. 사랑하면 하나부터 열까지 알고 싶어지므로 서점에 들어가 작가가 쓴 모든 책을 주문한다. 책장에 안 읽은 책이 얼마나 쌓여 있건 개의치 않는다. 조금 전 읽은 게 데뷔작이라면 하루빨리 다음 책이 나오기만을 기다리게 된다. 사랑에 빠진 작가의 방이 마음속에 너무도 많아서 새로 들어온다 해도 웬만해선 사라지지 않는다.

　　"좋은 소설 보면 질투 나지 않아요?"

"전혀. 그냥 너무 좋은데."

순도 백 퍼센트 진심이다. 질투가 나지도 않을 뿐더러 질투를 해야 하는 이유도 모르겠다. 내가 쓰지 못하는 글을 누군가는 쓰고 있다는 게 되레 안심이다. 여기서 질문의 강도를 높이는 사람도 있다.

"진짜 좋은 소설이면 괜찮은데, 영 아닌데도 잘 팔리는 것들이 있잖아. 그런 거 보면 난 좀 짜증 나던데."

이제 너의 속내를 드러낼 차례라는 눈빛이 날아오기도 하지만 없는 질투를 만들어 낼 순 없는 노릇이다. 그런 경우에는 호기심이 인다. 나는 흥미를 느끼지 못했지만 많은 독자가 사랑한다면 내가 놓친 무언가가 있다는 말이니까. 이유 없는 사랑은 없는 법이다. 가끔은 그들에게 고마운 마음까지 든다. 잘나가는 이들이 있어야 시장도 유지가 되고, 그들이 내 파이를 뺏어 간다고 생각하지도 않는다. 사람은 두 부류로 나뉜다. 책을 아예 안 사는 사람과 계속 사는 사람. 그러니 몇몇 작가가 쓴 소설만 읽어야 하는 세상이라면 일단 나부터 탈출하고 싶다.

딱히 긍정적인 성격은 아니지만 좋은 것 앞에서는 질투보다 동경을 하는 편이다. 좋은 소설을 만났을 때 마음껏 좋아할 수 있어서 좋다. 사랑의 모든 단계를 거쳐 그것을 닮고 싶다는 최후의 감정에 이르면 재빨리 컴퓨터 앞으로 달려가게 된다. 나도 좋은 글을 쓰고 싶어! 평소에는 어디 있나 헤집고 찾아야 하는 그 마음이 불쑥 튀어나와 눈앞에 있는 거다. 소설을 쓰고 싶게 만드는 소설이 적어도 작가에게는 가장 좋은 소설이다.

책에서 좋은 문장을 만났거나 닮고 싶은 작가의 작품일지라도 굳이 필사를 하진 않는다. 내 글을 써야 할 때가 아니라면 글 쓰는 행위를 최대한 피하는 데다 필사가 유용하다고 느끼지도 않는다. 필사에 대한 의견은 정말이지 반반으로 갈리는 것 같다. 글을 잘 쓰고 싶다면 필사부터 시작하라는 말의 반대편에 개성을 해칠 수 있다는 입장이 있다. 나의 경우 필사가 개성을 방해하지는 않았다. 흉내를 낸다고 한들 쉽게 따라 할 수 없었다. 그저 옮겨 적는 일에만 집중하게 되기 때문이다. 받아쓰기 혹은 타자 연습을 하는 기분이라 몇 번의 시도 끝에 더는 하지 않게 되었다. 무엇보다 글을 잘 쓰고 싶다면 자신의 글을 써 보는 게 가장 좋은 방법이라고 생각한다. 개성이 없어 보인다 해도 그것마저 자신의 개성일 수 있다.

책을 읽는 일에 대한 사랑만큼은 그저 사랑으로 남겨 두고 싶다. 스타일을 참고할 만한 글을 찾으려 하다 보면 진짜 좋은 책을 놓칠 수도 있다. 글에 있어서만큼은 소나무 취향을 자랑하지 않으니까.

가장 좋아하는 작가는 도나 타트다. 『황금방울새』에 홀딱 빠져 『비밀의 계절』과 『작은 친구들』까지 전부 읽었다. 한국에는 늘 2권으로 나뉘어 나올 만큼 두툼한 분량의 이 소설들을 몇 번이나 읽었는지 모르겠다. 평온하면서도 아슬아슬 위태로운 세계가 매혹적이다. 딱 하나 문제가 있다면 도나 타트는 다작을 하지도 빠르게 쓰지도 않는다는 거다. 가끔은 메일을 보내고 싶을 정도다. 얼른 다음 책을 내 달라고. 소극적으로 짝사랑 중인 나로서는 기다리고 또 기다릴 뿐이지만.

　그에 반해 애정이 예전 같지 않은 작가도 있다. 하루키가 그렇다. 이십 대를 함께 보낸 작가이지만 시간이 흐르면서 내가 변한 것인지 너무 많이 읽은 탓인지 어쩐지 심드렁하다. 역시 사랑은 움직이는 거다.

　번역되어 나온 책이 단 한 권밖에 없어서 읽고 또 읽게 되는 경우도 있다. 마리아피아 벨라디아노가 쓴 『못생긴 여자』는 내가 무척 사랑하는 소설 중 하나다. 서점에 갔다 우연히 발견했는데 읽자마자 홀딱 반했다. 계속해서 작품을 내고 있는 듯한데 국내에 번역되어 나오진 않았다. 누구든 번역서를 내 주기를 기다리고 있다. 김혜수 배우는 마음에 드는 작품이 있을 때 번역가를 직접 고용해서 본다고 하던데 진심으로 부럽다. 처음으로 질투가 난다.

해외 작가들 위주로 말했지만 국내 소설을 읽을 때도 마찬가지다. 좋아하는 작가의 신작이든 신인 작가의 작품이든 나는 읽고 또 읽고, 사랑에 빠지기를 반복한다. 그렇다. 나는 쓰는 것보다 읽는 것을 사랑하는 사람이다. 읽는 게 너무 좋아서 쓰기까지 하게 되어 버린, 덕업일치의 수혜자다. 그러고 보니 이해가 된다. 덕후에게 질투라니. 가당치도 않은 소리다.

가끔 소설 추천을 해야 할 상황이 생기면 당황하고 만다. 좋은 소설이 너무 많은데 한두 권만 추천하라고? 그보다는 추천 목록 100을 만드는 편이 쉽겠다. 소설은 완벽하게 취향의 영역이어서 추천의 의미가 크지도 않다. 이상하게 은밀한 구석까지 있어서 소설 취향을 쉽사리 드러내지 않는 이들도 많다. 취향을 잘 알고 있는 경우엔 묻지 않아도 종종 책 추천을 하지만 그렇지 않고선 굳이 권하지 않는다. 적지 않은 시간과 노력을 들여 추천한 책이 안 좋은 평을 들으면 영 마음이 아프기 때문이다. 뭐든 제 마음을 움직이지 않으면 소용없는 법이다. 연말이 되면 올해의 책을 꼽아 달라는 서점의 요청을 받곤 하는데 그때마다 책장 앞을 한참 서성이게 된다.

소설을 쓰는 동안 가장 힘든 점이 다른 소설을 읽을 수 없다는 것이다. 영향을 받을까 봐 걱정하는 게 아니라 시간이 없어서 그렇다. 당연히 불가능하겠지만 일단 자료 조사를 시작할 때면 온 세상에 나와 있는 관련 정보를 전부 뒤지겠다는 마음으로 임한다. 뉴스든 논문이든 관련 서적이든 다 살피는 터라 소설을 읽을 시간이 없다. 다만 비슷한 소재의 소설은 혹시라도 겹치지 않도록 확인한다. 소재만 같을 뿐 주제도 이야기의 방향도 세계관도 전부 다르다는 판단이 서면 작업을 진행한다. 이 단계에서 막히면 아쉽지만 포기한다.

소설가가 되고 나서 취미가 없어졌다는 말을 종종 한다. 좋아하는 걸 하다 보니 정작 좋아하는 마음을 잊어버렸다고. 그 말을 하는 와중에도 열심히 읽는다. 좋아하는 마음을 잊은 게 아니라 너무 익숙해진 모양이다. 부지런히 좋아하는 것만으로도 짧은 세월, 앞으로 더 열심히 읽어야지. 그러다 보면 나도 계속해서 좋은 글이 쓰고 싶어질 테니까.

## 찌질함
## 예찬

———

    친구들이 자주 하는 말이 있다. 시트콤을 써 보라고. 그럴 때면 나는 시트콤이 더 이상 나오지 않는 이유에 대해 어디서 주워들은 말을 늘어놓는다. 어쩌다 이렇게 재미없는 인간이 된 걸까.

    작가가 되기 전에는 인생이 시트콤 같다는 말을 듣곤 했다. 딱히 부정할 순 없었다. 어이없이 웃게 되는 일이 유독 내게만 많이 일어나는 것 같았다. 시트콤을 쓰라는 말에 열렬히 부정했지만 묘하게 자부심을 느끼기도 했다. 언젠가 이런 글을 본 적이 있다. 인생이 시트콤이라는 말을 듣는 사람들은 웃긴 일을 많이 겪는 게 아니라 X 같은 일을 웃기게 말하는 사람들이라고. 앗. 그런가? 그런 것 같기도 하다. 누가 봐도 화가 날 상황에 기막혀 하다가도 끝에 가서는 기어코 농담을 붙여야 직성이 풀린다.

오래전부터 시트콤을 좋아했다. 〈순풍산부인과〉부터 시작해 〈안녕, 프란체스카〉, '하이킥' 시리즈 등 모든 시트콤을 섭렵했고, 〈프렌즈〉는 스무 번도 넘게 본 것 같다. 프렌즈를 볼 때만큼은 명예 미국인이 되는 터라 소리만 들어도 깔깔 웃는다. 시트콤을 좋아하는 이유는 골 때리는 상황을 헤쳐 나가는(보통은 더 악화시킨다) 인물들에게 있다.

시트콤 속 인물들은 완벽하지 않다. 제아무리 섹시한 외모의 소유자라도 케이크 한 입 뺏기지 않으려다 차이기도 하고, 남부럽지 않은 지성을 갖추고도 여섯 살 아이와 싸우느라 바쁘다. 체면 따윈 안중에도 없이 시기와 질투를 드러내고, 유치해서 돌아 버릴 것 같은 복수를 감행한다. 그들이 완벽하다고 여기는 계획은 늘 허술하다. 웃지 않을 수가 없다. 이 웃기는 인물들은 또 이상하리만치 인간적이다. 그것이 시트콤의 미덕이다. 인생은 멀리서 보면 희극이라는 말을 증명이라도 하듯 곁에 있으면 복장 터질 만한 인물도 화면을 통해 보면 사랑스럽다. 이옥섭 감독은 누가 너무 미우면 사랑해 버린다던데, 나는 시트콤 안에 넣어 버린다.

지금 살고 있는 집에 처음 이사 왔을 때 자잘한 문제가 많았다. 그때마다 집주인이 찾아왔는데 문제는 집주인이 나이 지긋한 어르신이라는 거다. 아흔이 가까운 할아버지는 나보다 힘이 없으실 것 같았는데, 전문가를 불러야 할 일도 자꾸만 직접 고치고 싶어 하셨다. 당연히 문제는 해결되지 않았고, 그렇게 한바탕 난리를 치고 나면 오히려 치워야 할 게 산더미였다. 나는 할아버지에게 대체 왜 그러시는 건지 묻고 싶었다. 언제나 건물 앞을 지키고 있는 할머니는 새로운 얼굴이 보일 때마다 어느 집에 온 거냐고 물었고, "아니, ㅇㅇㅇ호 아가씨 혼자 사는데!" 같은 말을 큰 소리로 외쳤다. 창문 너머에 있는 나를 깜짝 놀라게 할 뿐만 아니라 인근 건물 사람들도 다 들었을 것 같았다. 그냥 건물 앞에 붙여 놓으시지 그래요? 그렇게 노부부 어르신들과 지겹도록 싸웠다. 한마디 할 때마다 "내가 늙어서 그래"라는 답이 돌아오면 말문이 막혔지만 할 말은 해야 했다. 처음엔 손주를 소개시켜 주고 싶다던 할머니가 이제 나만 보면 재빨리 자취를 감추신다. 나도 싸우는 게 피곤해서 이제 문제가 생겨도 굳이 부르지 않는다. 위태로운 평화 상태랄까. 우리 집에 올 때마다 주차장에서 할머니에게 잡히는 핑키는 늘 경계 태세를 취한다. 차에서 내리는 순간 할머니가 나타나면 속으로 외치는 거다. 경보 발동! 경보 발동!

　　노부부가 시트콤 속 인물이었다면 나는 분명

이들을 사랑했을 것이다. 연로한 탓에 끙끙 앓으면서도 자신들의 소중한 건물을 밤낮으로 사수하느라 바쁜 부부의 우당탕 스토리를 좋아했을 거다. 현실에서는 내 속을 뒤집어 놓곤 하지만, 화를 내다가도 헛웃음이 나온다. 재밌는 이야깃거리인 것은 분명하니까. 언젠간 캐릭터로 써먹어야지 생각도 한다. 어쩐지 손해 보는 장사는 아닌 것 같다. 시트콤적 사고가 이렇게 유용하다.

내가 쓴 글 중에서 시트콤에 가까운 게 있다면 『망생의 밤』일 거다. 이 책에서 내가 가장 좋아하는 인물은 강준호다. 서점 진열대에서 책을 슬쩍하는 순간을 전여친에게 들키고도 "재밌잖아. 미드에선 이러다 사랑에 빠지기도 하던데." 하며 실없는 소리를 늘어놓고, 형편없는 실력의 밴드를 하면서도 아직 지망생 신분을 벗어나지 못한 전여친의 삶을 공개적으로 슬퍼하는, 행사를 쑥대밭으로 만들어 버리는 그야말로 찌질한 인간 그 자체다. 그러면서도 뻔뻔함을 잃지 않는다. 나는 이 인물을 오직 웃기기 위해 썼다. 예상과 달리 독자의 복장을 터지게 만든 것 같지만, 그래도 귀엽지 않느냐고 대변해 본다.

이 이야기는 억지로 가게 된 곳에서 전남친을 만나게 되면 어떨까, 하는 상상에서 시작했다. 실제로는 그런 경험이 단 한 번도 없다. 드라마였다면 상상을 초월하는 멋진 모습으로 나타나 자신의 여전한 사랑을 고백하거나 전여친과는 정반대 매력을 가진 현여친과 함께 나타나 주인공을 더 비참하게 만들었을 것이다. 하지만 이건 시트콤에 가깝다. 웃어야 할지 울어야 할지 모르겠는 상황을 그리고 싶었다. 무엇을 택해도 이상하지 않다. 그 역시 찌질함의 미덕(?) 중 하나다.

　　찌질한 인물을 좋아한다는 걸 인정해야겠다. 드라마를 볼 때에도 완벽한 육각형 인물보다 어딘가 하찮은 구석이 있는 인물에게 마음이 간다. 남들은 이해하기 힘든 일에도 세상 진지한 얼굴을 하고 있는 걸 보면 웃기기도 하고 안쓰럽기도 하고 귀엽기도 하다. 그들이 상황을 악화시켜도 화가 나기보다는 아이고, 저걸 어쩌나, 싶다. 몰래 계략이라도 꾸미는 걸 보면, 저건 또 어떻게 실패하려나 싶어 웃음부터 나온다. 제 무덤을 파는 줄 모르고 저토록 자신만만한 얼굴이라니!


　　"찌질한 건 현실로 충분해. 드라마에서라도 멋진 사람들만 보고 싶다고."
　　소설이든 드라마든 사람들은 멋있는 캐릭터에 끌리기 마련이다. 말은 안 해도 사람들은 자신이 찌질한 줄 모르고, 본인 정도면 썩 괜찮다고 생각하기 때문에 주인공이든 상대든 멋져야 마땅하다고 여긴다. 작가의 취향이 어떻건 작품에서는 멋진 캐릭터를 쓰는 것이 유리하다. 그런데, 정말 그럴까?

누구에게나 찌질한 구석이 있다고 믿는다. 쿨하고 싶고 그렇게 보여야 한다는 인식이 오히려 나를 더 찌질하게 만들었던 순간들이 떠오른다. 찌질한 모습도 있는 그대로 받아들여지면 좋겠다. 사람 사는 게 다 그런 거지 웃고 넘어갈 수 있으면 좋겠다. 멋지기만 한 사람은 세상에 없을 테고, 조급한 마음을 숨기려다 보면 누구나 삐거덕거리기 마련이다. 물론 현실에서는 그런 모습이 바보처럼 느껴지더라도 글에서만큼은 포용할 수 있지 않을까. 글의 세계는 좀 더 자유롭고 넓었으면 좋겠다. 내가 기어코 찌질한 인물 한두 명을 끼워 넣는 걸 포기하지 못하는 이유다.

기분이 가라앉을 때면 여전히 시트콤을 틀어놓는다. 그러고는 청소를 하거나 잡다한 집안일을 하다 보면 어느새 깔깔 웃게 된다. 머릿속에서 지워 버리고 싶었던 찌질한 실수도, 보잘것없는 일상도 별일 아닌 것처럼 느껴진다. 한없이 느긋한 마음이 된다. 언젠가 시트콤을 써 보고 싶다. 모난 구석이라고는 없이 허술한 인물들이 만들어 내는 우당탕 일상 속 이야기를. 그 속엔 내가 아는 사람 하나쯤은 있을 게 분명하다. 앗, 저거 나잖아, 뜨끔할지도.

# 나의
# 데뷔 친구

———

"이모 너무 슬퍼."

"슬픔은 원래 폭발인 거야."

슬픔이 폭발하는데 웃음이 터진다. 엄마랑 이모가 웃건 말건 제 손에 들린 장난감에 집중하는 이주니다. 그렇지. 슬픔은 원래 폭발인 것이니 거기에 매몰되지 말고 할 일이나 하면 된다. 역시 아이는 어른의 스승이다. 오늘도 하나 배운다.

고모의 운명을 타고난 나는 핑키 덕분에 이모로서의 삶을 살고 있다. 핑키와 나는 고등학교 1학년 때 만났다. 걸어서 십 분 거리에 살던 우리는 고등학교 내내 붙어 다니다가 대학교를 서로 다른 지역으로 가게 되면서 이십 대 때는 일 년에 한두 번 만나는 게 다였다. 인연에도 시기가 있는 법인지, 지금 사는 집으로 이사를 오고 얼마 지나지 않아 핑키가 결혼을 하며 15분 거리로 이사해 왔다. 그날부터 우리는 다시 틈만 나면 붙어 지내게 됐다. 그사이 핑키는 엄마가 되었고 나는 작가가 되었다. 솔직히 말하면 핑키가 임신 테스트기를 보여 줄 때만 해도 공동 육아를 체험하게 될 줄은 몰랐다. 아이가 생기고 생활이 달라지면 멀어지기 마련이라던데, 어찌 된 일인지 우리는 예전보다 더 열심히 만나며 살고 있다. 생활이 바빠지니 오히려 최선을 다해 놀게 된다.

공모전 당선작이 출간된 지 얼마 되지 않아 이주니가 세상에 나왔다. 새로운 세계에 첫발을 내디뎠다는 점에서 일종의 동기라고도 할 수 있다. 이주니가 누워서 밥을 주기를, 안아 주기를 바라며 칭얼거릴 때 나 역시 다른 이들에게 선택되기만을 기다리고 있었고, 이주니가 뒤집기를 할 때쯤 『망생의 밤』이 새로 나왔다. 지금은 놀라운 속도로 자라고 있는 터라 하루가 다르게 나를 놀라게 하지만 뒤집기를 할 즈음엔 조금 느린 것 같다며 핑키가 전전긍긍했던 게 떠오른다. 때 되면 다 해. 아이는커녕 결혼도 안 해 봤으면서 나는 세상 다 산 사람처럼 말했었다. 그건 사실 나에게 하는 말이기도 했다. 제대로 해내지 못할까 봐 전전긍긍하고 있었으니까. 때가 되면 다 잘 풀릴 거라고, 걱정할 것 하나 없다는 말이 내게도 필요했으니까.

그 무렵 글이 막히거나 일로 사람들을 만나고

지칠 때마다 이주니를 보러 갔다. 잠시나마 내 세계에서 멀어질 수 있었고, 홀로 분투했을 핑키에게 도움을 줄 수도 있었다. 공생 관계처럼. 때 되면 다 한다는 말처럼 이주니는 차곡차곡 자랐고, 유난히 힘들었던 날에 가만히 다가와 나를 꼭 안아 주며 감동을 선사하기도 했다. 그렇게 순하디순했던 아기 이주니는 4세가 되자마자 급속도로 변하고 있다. 마치 다른 존재가 되기라도 한 것처럼.

　나의 작가 인생과 이주니의 일상이 비슷하게 흘러가고 있는 터라 가끔 이주니를 보며 나 자신을 돌아보게 된다.

　이주니라고 자신을 3인칭으로 가리키던 아이가 어느새 "내가"라고 자신을 칭하고, "맛있어 사과"라 말하던 게 "사과가 정말 맛있어요"로 발전했다. "음료수 먹으러 갈까?" 물으면 "이주니 음료수 좋아해" 말하던 아이였는데 이제 "이모, 음료수 먹으러 가자. 빙수 카페 갈까?" 하고 자신이 원하는 것을 명확하게 밝히는 아이가 되었다. 그동안 나는 얼마나 발전했을까. 시간의 흐름이 놀랍도록 빠르고 정확한 아이의 세계와 달리 내 시계는 멈춰 있는 기분이 들기도 한다. 꼬물거리던 핏덩이가 사람이 되어 가는 과정 속에서 나는 얼마나 성장했을까. 좀 더 좋은 문장을 쓰게 되었을까. 내가 만들어 낸 세계가 조금은 찬란해졌을까. 음…… 아무래도 내가 진 것 같다.

핑키의 차를 타고 도서관에 가고 있을 때였다. 나는 철딱서니 없는 이모답게 흘러나오는 노래를 신나게 따라 불렀다. 그러다 핑키에게 무슨 말을 하기라도 하면 이주니가 제지했다.

"이모, 말 그만해. 나 노래 듣구 있잖아."

아니, 이모도 할 말이 있는 건데. 그래도 한발 물러서 노래나 부르려고 했건만 그 역시 마음에 들지 않는 모양이었다.

"이모 노래 부르지 맛!"

"이모 가수라서 노래 불러야 돼."

"이모 가수 아니잖아!"

"이모 가수 맞는데? 이모 가수 아니면 뭔데? 이모 뭐 하는 사람인지 맞히면 노래 그만 부를게."

당연히 못 맞힐 걸 알고 조금이라도 더 놀리겠다는 심술궂은 행태였다. 이주니는 말없이 가만있었다. 머리를 굴리고 있다는 게 티가 날 만큼 빠른 속도로 눈을 이리저리 돌리며. 그리고 잠시 후.

"이모 작가잖아."

헉. 소름. 작가라는 말은 한 적도 없는데 어떻게 알았지. 깜짝 놀랐다. 그래, 이모가 좀 더 열심히 살아 볼게. 느닷없이 이상한 다짐을 했다. 네가 읽을 수 있는 책을 써 볼까? 이모가 그림책을 좋아하긴 하는데.

생각해 보니 핑키의 말이 힌트가 된 것 같았다. 역시 작가라서 남다르네, 같은 말을 종종 내뱉으니까. 나는 나의 라이벌을 놀리기 위해 온갖 이야기를 지어 낼 뿐이었다. 한번은 책을 보다가 이모는 사실 천사라고 말했다. 천사인데 왜 날개가 없냐고 묻는 이주니에게 날개를 달고 있으면 하늘나라로 가야 해서 옷장속에 숨겨 둔다고 했다. 그날부터 이주니가 내 정체를 다 안다는 듯 "이모 천사잖아~" 말하곤 했지만 문제는 그다음이었다. "이모 하늘나라 언제 가요?" "이모 하늘나라 가야 돼요?" 순진무구한 질문이지만 어쩐지 어감이 좋지 않았다. 이모 하늘나라 가려면 아직 멀었어…… 이것 참, 날개를 잃어버렸다고 해야 하나, 고민을 했었다. 괴물을 좋아하는 이주니에게 들려줄 괴물이야기도 계속해서 지어내고 있다. 사실 나는 이 상황들을 꽤나 즐기고 있는 듯하다.

이주니에게 들려주는 이야기들은 대체로 터무니없다. 엉뚱하고 개연성도 무시된다. 그냥 하고 싶은 이야기를 한다. 물론 엄마인 핑키도 만족시켜야 하므로 끝에는 늘 교훈이 들어간다. 혼자였던 괴물이 친구들을 만나 모두가 행복해졌다는 결말 같은 것. 개연성이 필요한 경우는 어떤 행동을 유도해야만 할 때다. 안 씻고 더 놀겠다고 떼를 쓸 때 달님 아저씨가 곧 천둥 아저씨를 불러와 우르르 쾅쾅 비를 내리기 전에 얼른 욕실로 도망가야 한다고 이야기하는 식이다. 쓰고 나니 개연성 따위 없는 것 같다…… 어쨌거나 얼토당토않은 이야기를 지어내고 있으면 내가 먼저 웃음이 터지고 마는데 그럴 때도 이주니는 철석같이 믿는다. 어릴 때 나이 차이가 많이 나는 사촌 동생에게 너희 엄마는 사실 외계인이라고 이야기한 바람에 울음을 터뜨리게 만든 적이 있다. 과오를 반복하지 않기 위해 내 나름대로 수위 조절은 하고 있다.

소설도 이렇게 뚝딱 써낼 수 있다면 얼마나 좋을까. 소설에 대해 쥐뿔도 몰랐을 때는 소설 쓰는 게 재밌었다(지금도 그리 잘 아는 건 아니지만). 쓰는 것만으로도 재밌고 내가 쓴 이야기가 대가의 이야기와 그리 다르지 않다고 생각했다(무식한 자가 용감하다고 했던가). 머릿속에 든 이야기가 문장으로 고스란히 옮겨지고 있다고 믿었던 때다. 지금은 그렇지 않다. 캐릭터가 밋밋하지는 않나, 클라이맥스가 부족하진 않나, 기본적인 구성과 매력을 어떻게 동시에 갖출 수 있을지 막막할 때가 많다. 무엇보다 결과를 예측할 수 없다는 점에서 초조하다. 내 의도가 제대로 전달될까, 재미가 있을까, 나오기 전까지 알 수 있는 방법은 없다. 이주니에게 들려주는 이야기는 다르다. 대부분 의도가 통한다. 무서운 이야기를 하면 무서워하고 재밌는 이야기를 하면 재밌어한다. 심지어 이야기를 기억하고 있다가 말하고 또 말한다. 며칠 전에도 자제를 결심하게 한 일이 있었다.

"옛날 옛날에 이주니 엄마가 이모를 괴롭히는 바람에 이모는 너무 슬펐어요."

그렇게 이야기를 시작했더니 곧장 핑키를 붙잡고 묻는 것 아닌가.

"엄마가 이모 괴롭혀서 이모가 슬펐어요?"

아무래도 조심해야 할 것 같다. 핑키가 틈만 나면 나를 놀리기 위해 시동을 거는 건 사실이지만.

이주니에게 한바탕 이야기를 쏟아 내고 집으로 돌아오면 어쩐지 소설이 쓰고 싶어진다. 아이가 이토록 이야기를 좋아한다면 어른에게도 어른들의 이야기가 필요할 거다. 또다시 의미 부여를 하고 나면 내 일이 사뭇 좋아진다. 이주니가 커서 내가 쓴 이야기를 읽게 될 땐 지금보다 좋은 글을 쓰고 있길 바라면서.

이 순간에도 나의 데뷔 친구는 쑥쑥 자라고 있다. 며칠 전에는 영상 통화를 하다 말고 "이모는 혼자 방에 있는 게 좋아요?"라는 질문을 던지며 나를 놀라게 했다. 이젠 속내까지 밝히려 하다니…… 어제와는 전혀 다른 아이지만 한 사람 몫을 다 할 때까지는 아

직 꽤 긴 시간이 걸릴 것이다. 그 속도에 맞춰 나도 성
장해 가야지. 4세에게 경쟁심을 느끼는 4년 차 작가다.

# 가짜의
# 삶

---

"멋진 일을 하고 있구나."

새벽 한 시, 디디가 이야기를 하다 말고 칭찬을 해 주었다. 오후에 있었던 불쾌한 만남을 시작으로 내가 딛고 있는 세계의 불완전함에 대해 늘어놓던 중이었다. 그 세계를 지나치게 흥미롭게 묘사한 걸까. 나도 모르게 포장을 했나. 오늘 디디가 기분이 좋았나. 아님 이게 바로 새벽 감성인가. 결국 잠이나 자자며 대화가 끝났다.

작가가 된 후로 과분한 칭찬을 받고 있다. 잘하고 있어. 멋져. 대견해. 그때마다 나는 기를 쓰고 반박한다. 잘하고 있긴 뭘 잘해. 멋지긴, 지금까지 잤는데? 직장인이 프리랜서의 삶을 부러워할 때면 프리랜서의 안 좋은 점에 대해 A부터 Z까지 연설을 하고, 그래도 하고 싶은 일을 하고 있지 않느냐는 말에는 일이 되면

다 똑같다는 답을 반복한다. 이쯤 되면 포기할 만도 한데 친구들 역시 절대 물러서지 않는다.

"아무튼 멋져!"

문득 궁금해졌다. 과거의 내가 작가라는 직업에 환상을 가졌던 것처럼 작가라는 타이틀은 여전히 후광을 입고 있는 건지. 그저 타고난 인복으로 좋은 가족과 친구들을 만나게 된 건지. 그게 아니라면 혹시, 나 진짜 멋진 걸까……? 역시 아닌 것 같다.

스스로 평가해 보자면 내 삶은 대단히 특별하지도 유달리 평범하지도 않다. 최근 몇 년간 작가라는 직업을 가지고 만학도로 살고 있다. 인생에 정답도 없고 정해진 시기도 없다지만 주변을 둘러보면 지금 내 인생의 속도가 괜찮은 걸까 자문하게 된다. 호기롭던 시절은 지나가고 이제는 어쩐지 잘못 살아온 것 같기도 하다. 하고 싶은 걸 하기 위해 해야만 하는 걸 하지 않은 느낌이랄까. 타인과 비교하는 것만큼 볼품없는 것도 없다고 여기면서도, 기꺼이 볼품없는 내가 되고 만다. 지금이라도 차선을 바꿔야 하는 거 아닐까, 나도 좀 끼워 줘, 하고 싶은 마음이 든다. 동시에 이제 와서 그럴 순 없다고, 나도 충분히 열심히 살았다고, 차선 변경 표지판을 지나온 지 오래라고, 어떻게든 스스로 위로해 보기도 한다. 그러다 보면 어김없이 묻고 싶어진다. 내 인생 이대로 괜찮은 건가요?

타인의 삶을 들여다보고 인간을 이해하기 위해 소설을 읽기도 한다는 점에서 작가에겐 등장인물의 삶을 잘 보여 줄 의무가 있다. 그렇기에 끊임없이 삶의 의미를 고민해야 한다. 작가 인생의 답은 끝내 찾지 못하더라도 주인공의 삶에선 결코 고개를 돌릴 수 없다. 신기한 건 평소 비관적인 태도를 가지고 있는 내가 소설 속 주인공이 처한 환경은 낙관적으로 그린다는 거다. 그런 면에서 보면 소설은 현실을 보여 주기도 하지만 미래에 대한 염원을 담고 있기도 하다.

요즘 꽂힌 단어가 있다. 가짜의 삶. 밥 친구로 보는 유튜브 '핑계고'에서 유재석이 가짜의 삶에 대해 이렇게 정의했다. "거짓의 삶을 산다. 가식적인 삶을 산다는 게 아니고 방송을 위해 본심과는 다른 말이 나오는 의미에서 '가짜의 삶'이라 부른다." 게스트로 출연한 홍진경이 실제로는 얼마나 치열하게 살고 있는지 다 알고 있다고도 덧붙였다. 나는 치열하게 살고 있나. 예능인이 웃음을 위해 진짜 자신의 모습을 감추는 거라면, 나는 작가로서 내 진짜 모습을 감추고 있는 것일까.

"글을 쓰고 싶어서 작가가 되고 싶은 건지 작가가 되고 싶어서 글을 쓰고 있는 건지 잘 생각해 보세요."

작가 지망생이라면 한 번쯤 이 말을 듣는다. 나는 이 말을 싫어했다. 정확히 말하자면 이해하지 못했다. 글을 쓰고 싶어서 작가가 되든 작가가 되고 싶어서 글을 쓰든 매한가지 아닌가. 작가가 되기 위해서 글을 쓰면 불순하다는 건가. 지망생 호칭을 떼고 작가가 된 지 4년이 흐른 지금에야 그 말의 뜻을 짐작하게 되었다. 작가가 되기 위해 글을 썼다면 작가가 될 순 있어도 작가로서 계속 살 수 있을지는 미지수다. 글을 쓰기 위해서 작가가 되었다면 우왕좌왕하면서도 작가로 살아갈 수 있다. 그 말은 이미 가진 자의 배부른 소리가 아니라 진심 어린 걱정이었던 거다.

작가의 삶은 녹록치 않다. 그 사실을 작가가 되고 난 후에야 알았다. 수많은 작가가 수없이 말해 왔는데 내가 내 눈을 가리고 있었던 걸까? 그러나 거기엔 함정이 있었다. 작가의 삶을 동경하는 지망생에게는 그들이 무슨 말을 해도 근사해 보이기 때문이다. 작가가 겪게 되는 고난과 역경을 대가라 불리는 작가들이 말하는 순간 별것 아닌 것처럼 느껴졌다. 일단 되기나 해 보자! 누군가는 당신의 삶을 원하고 있다고! 그래서 나는 그들이 말했던 삶을 살고 있다.

이 글을 시작했을 땐 작가란 직업의 고통을 하나부터 열까지 낱낱이 보여 주겠다고 결심했었다. 여러분! 환상을 깨세요! 그러나 온갖 토로를 하다 보니 부끄러워졌다. 내가 내 삶을, 글 쓰는 일을, 이토록 하찮게 보고 있다고? 그럼 대체 왜 이 일을 하는 건데? 되물을 수밖에 없었다. 그렇게 내가 쓴 글을 읽고 또 읽었다. 그러던 중 깨달았다. 지금 내가 괴로운 건, 투정을 늘어놓다 직업적 위기에 봉착한 건, 다른 무엇도 아닌 재미없게 글을 쓰고 있는 내가 싫어서였다는 걸. 그럼에도 꿈을 꾸게 만들었던 수많은 작가들의 글처럼 쓰고 있지 못하다는 것. 내가 받아들이지 못하는 건 내 삶이 아니라 내 글이라는 걸. 이 순간에도 잘 쓰고 싶다, 더 재밌게 쓰고 싶다, 생각한다. 내가 가장 두려운 건 내 글이 구린 것이다. 쓰고 있던 원고를 처음부터 다시 손봐야 한다는 걸 알면서도 안도감이 찾아온다. 이제야 작가가 되고 싶었던 게 아니라 글을 쓰고 싶었던 거라고 자신 있게 말할 수 있을 것 같다.

글을 쓰다 어딘가 분명 이상한데 정확한 지점을 찾지 못하고 있을 때 누군가 그 부분을 콕 집어 지적해 주면 카타르시스를 느낀다. 바로 그거였구나! 그 부분을 고치면 되겠구나!

그러니까 나는 글을 쓰고 싶은 정도를 넘어 좋은 글을 쓰고 싶구나. 어렵게 들어선 이 경기장에서 아직 내가 치러야 할 경기가 많이 남아 있구나. 조금 설레기도 한다. 뭐야, 나 여전히 가능성의 세계에 남아 있는 거잖아? 왜 끝났다고 생각했지? 어쩐지 다시

도전 의식이 샘솟는다.

성공적인 소설이 되기 위해선 꼭 지켜야 하는 규칙이 있다. 처음과 끝은 달라야 할 것. 설령 비극적인 결말을 맞이한다 할지라도 주인공은 성장할 것. 일이 삶의 전부는 아니고, 소설가라는 직업이 내가 가진 정체성의 전부도 아니겠지만, 더 나은 글을 써 보겠다고 다짐하는 나 역시 조금은 성장했다고 할 수 있지 않을까.

언제까지 오락가락 엎치락뒤치락하는 삶을 살게 될지는 모르겠다. 그토록 원하던 안정적인 작가의 삶을 살 수 있을지, 방향을 틀어서 글은 취미로 간간이 쓰게 될지. 어찌 되든 소설을 읽고 소설을 쓰고 있을 거다. 세상에 공개되지 않더라도, 이 얘기를 한번 써 볼까 하고 있지 않을까. 적어도 이것만큼은 확신한다.

며칠 전 핑키에게 내 걱정 좀 하라는 이상한 투정을 부렸다.

"난 진짜 넌 하나도 걱정이 안 돼."

"제발. 걱정 좀 해."

걱정을 해 달라고 말하면서도 어쩐지 이제 나도 그만 걱정해도 될 것 같다는 생각을 했다. 걱정할 시간에 한 줄이라도 더 쓰자.

# PART 1

———

엔딩을 좋아한다. 관심 없던 드라마도 '마지막 회'라는 타이틀이 붙어 있으면 채널 고정이다. 시간 끌기에 불과한 내용일지라도 본다. 중도 하차한 드라마라도, 이미 결말을 알고 있다 해도 본다. 귀를 막고 스포 금지를 외치기보다 그래서 어떻게 되는데? 하고 두 팔 벌려 스포를 환영하는 쪽이다. 서점에 가서 책을 고를 때도 마지막 장부터 펼쳐 본다. 책에 대해 아무 정보도 없지만 마지막 페이지가 좋다? 99.99%의 확률로 그 책과 사랑에 빠지게 된다. 시작이 좋은 소설의 끝이 별로일 수는 있어도 마지막이 좋은 소설이 별로일 가능성은 희박하다고 본다.

그런 마음과는 별개로 소설을 쓸 때 끝을 정해두지는 않는다. 새로운 소재가 떠오르거나 초고를 쓰고 있을 때면 핑키에게 들려주거나 보여 주곤 한다. 가장 대중적인 시선으로 오직 독자의 입장에서 의견을 주기 때문이다. 이야기에 흥미를 느끼는 경우 핑키는 당연한 듯 묻곤 한다.

"그래서 끝은 어떻게 되는데?"

"나도 모르지."

이제는 익숙할 법도 한데 그때마다 핑키는 황당하다는 표정을 짓는다. 이야기를 하는 동안 자연스레 결말이 떠오르는 경우도 있지만 나는 집필이 끝날 때까지 정확히 어떤 이야기가 전개될지 예측하기 어려운 타입이다. 친구들은 물론이고 동료 작가도 그런 식의 작업 스타일이 힘들지 않느냐고 걱정하지만 나는 개의치 않는 편이다. 목적지를 정해 두지 않으면 옆길로 새기도 하고, 너무 뻔한 곳에 다다라 있거나 어이없이 계속 제자리이거나 얼토당토않아서 몇 번이고 되돌아가기도 한다. 비합리적인 방식이라는 걸 알면서도 그 과정을 통해 주인공과 조금씩 가까워지며 어떤 사람인지 탐색해 가는 기분이 든다. 가상 인물과 친해지는 데에도 시간이 필요한 타입이랄까.

며칠 전이었다. 잠을 자려고 침대에 누웠는데 어쩐지 지친다는 생각이 들었다. 끝이 없는 기분, 분명 애써 무언가를 했는데 아무것도 손에 잡히지 않는 기분이었다. 소설을 몇십 편 쓴다고 해도 내 삶이 크게 달라질 것 같지 않았다. 성공을 하든 하지 못하든 나는 책상 앞에 앉아 머리를 쥐어뜯고 있을 거다. 여전히 내가 제대로 해냈는지 의심할 테고, 반응을 살피며 전전긍긍할 테고, 놓치고 있는 건 없을까 종종 후회도 할 터였다. 처음 공모전에 당선됐을 때 드디어 끝났구나 싶었던 감각은 이미 사라진 지 오래다. 우습기도 하고 신기하기도 하다. 엔딩을 좋아하는 내가 끝나지 않을 일을 택했다는 사실이.

　살면서 만난 많은 이들을 대하는 태도 또한 그랬다. 결국 끝이 있을 거라 생각하면서도 막상 그 순간이 오면 하염없이 끝을 미루곤 했다. 가뿐하게 손을 들고 "그동안 고마웠습니다!" 하지 못했다. 아이러니한 일이다. 끝을 내는 게 무서워서 끝을 좋아하게 되다니.

　소설이든 영화든 모든 이야기에서 끝에 다다르는 순간 주인공의 표정은 변한다. 이야기에서 끝은 새로운 시작이다. 그 시작이 좋았다. 행복하든 불행하든 마찬가지다. 행복의 시간도 고통의 순간도 위기도 지나 비로소 삶의 한 귀퉁이를 접는 그 순간, 주인공은 또 다른 사람이 되어 알 수 없는 시간 속으로 나아간다. 엔딩에서 우리가 보는 건 끝이 아니라 새로운 시작이다. 우리가 더는 볼 수 없는 시간 속에서 그는 단단하게 살아갈 것이다. 엔딩에서는 끝났다는 홀가분함보다 새로운 시작에 대한 기대가 분명하게 보인다.

공포를 이겨 내는 방법은 그 대상을 제대로 마주하는 것밖에 없다는 말이 있다. 끊임없이 엔딩을 보다 보면 내 삶의 두려움도 조금은 사그라들 것 같았다. 얼렁뚱땅 소설가가 되었다고 말했지만, 소설이야말로 끝을 잘 내지 못하는 내가 명확하게 끝을 낼 수 있는 일이었다.

　　지망생의 시간을 견뎠던 것도 그래서였을 거다. 떨어진 것이 나의 끝은 아니라고 믿으며 새로운 소설을 썼던 거다. 이번만큼은 잘될 수 있다고, 이번이야말로 진짜라고, 지금까지는 예고편에 불과했다고. 그때의 나는 끊임없이 현실을 외면하고 있었지만, 그 덕분에 또 다른 현실을 만들어 낼 수 있었다. 끝을 몰라야만 끝을 새롭게 쓸 수도 있을 테니까.


　　서른이 될 즈음 심장 수술을 했다. 그때까지 내 심장엔 구멍이 있었다. 말 그대로 심방과 심방 사이에 구멍이 있었고, 새 피가 만들어지기 무섭게 헌 피와 뒤섞였다. 한 바퀴 도느라 지친 피가 계속해서 다시 일을 하게 되는 거였다. 심장은 놀랍도록 적응력이 강해서 성인이 되기 전까지는 크게 문제가 없었다. 다만 그렇게 피가 섞이는 터라 펌프질을 더 열심히 한 모양인데, 이게 고스란히 느껴졌지만 문제인 줄은 몰랐다. 서른이 가까워지면서는 증상이 심해져서 정말이지 컷

가에서 심장이 뛰고 있는 것 같았다.

"나 심장이 너무 뛰어."

그 말을 할 때마다 다들 어이없다는 표정을 지었다. 심장이 그럼 뛰지 안 뛰냐, 심장 안 뛰면 죽어, 하고 뻔한 말들을 했는데 나는 수술 후에야 알았다. 평소엔 심장 박동을 감지하기 어렵다는 것을. 다들 이토록 평화로운 상태에서 살고 있었다니. 이런 배신자들…… 24시간 뛰는 심장을 계속 듣고 있으면 괜스레 무슨 일이 일어날 것만 같고 늘 위태로운 기분에 휩싸이게 된다. 그때 느낀 불안이 나로 하여금 소설을 쓰게 한 건 아닐까 추측하기도 한다. 한없이 불안한 세계를 어떻게든 안정적으로 만들고 싶었으니까. 아무 일도 일어나지 않는다는 것, 어떤 일이 일어나도 안전할 거라는 것을 확인하고 싶었으니까. 점점 더 세게 뛰는 듯한 심장에 홀로 괜찮다, 괜찮다, 달래기 바빴으니까. 심장에 구멍이 있다는 사실을 알게 되었을 때 괜히 자책하는 엄마와 달리 나는 후련했다. 이유가 있었구나. 내가 미친 게 아니었어! 오버하는 게 아니었어!

수술 후 더는 심장이 뛰는 걸 매 순간 느끼지 않아도 되는 것이 내가 안정을 찾는 데 큰 영향을 주었다. 그건 의사가 내뱉은 말 때문이기도 했다.

"힘들어서 달리기도 못했을 텐데, 어떻게 몰랐어요?"

"달리기 잘했는데요."

"단거리 말고, 오래달리기 같은 건 못했을 텐데."

"오래달리기를 잘했어요."

문제가 있다는 사실을 몰랐던 나는 나로선 하기 힘들었을 일도 아무렇지 않게 해 온 터였다. 나의 작가 생활에 설령 진짜 문제가 있다고 할지라도, 조금 부족한 구석이 있다고 해도, 주어진 상황에 맞춰 나아가다 보면 내 능력 밖의 일도 해낼 수 있게 될 날이 올지도 모른다. 비록 통쾌한 결말을 얻지 못했더라도 다음 시즌이 있다는 걸 알게 되면 그 역시 필요한 이야기였다고, 기꺼이 한 번 더 기다려 보겠다고 기대를 품는 것처럼 내 글의 구멍도 하나씩 메워 가면 된다. 쉴 새 없이 심장이 뛰던 감각이 이제는 잘 기억나지 않는 것처럼 종종 겪었던 괴로움도 결국엔 잊힐 거다. 어쩌면 글쓰기에 능숙해지는 날이 올지도.

그래서일까. 요즘 나는 한 파트를 마무리하는 기분이다. '좌충우돌 어영부영 작가 데뷔기'를 비로소 끝내는 기분이랄까. 조금은 들떴고, 약간은 슬펐고, 더없이 버거울 때도 있었지만 지나고 나니 꽤나 즐거운 시간이었던 것 같다. 이제야 비로소 어떤 글이 쓰고 싶은지, 어떻게 내 삶을 꾸려 가고 싶은지 알 것 같기도 하다. 그것만으로 나쁘지 않다고 해도 괜찮지 않을까. 그렇게 멋대로 엔딩을 정하기로 했다. 작가로서의 시간이 끝나지 않길 바라면서, 내가 그토록 좋아하는 엔딩을 내 보려고 한다. 지난한 시간은 끝이 났고, 여전히 같은 자리에 서 있지만 조금은 달라진 모습으로. 그간의 시간이 앞으로 어떻게 힘을 발휘할지 기대하며 심기일전해 보겠다는 마음으로 마침표를 찍는다. 진짜 끝은 어떨지 모르지만 어쨌든 지금과는 다른 곳에 서 있을 테니까.

미완성 폴더

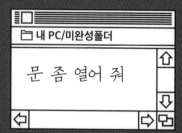

# 1        D-DAY

인터넷이 연결되어 있지 않습니다.

한 시간째 인터넷이 연결되지 않았다. 노트북은 물론 폰도 마찬가지였다. 뒤늦게 공유기를 확인하자 초록불이 들어와야 할 자리에 빨간불이 들어와 있었다. 와이파이 문제인 걸까. 폰의 와이파이를 끄고 5G로 연결해 보고, 3G에도 연결해 보고, LTE 연결까지 시도했지만 전부 실패했다.

무슨 수를 써도 인터넷이 되지 않는다.

머릿속이 새하얗게 변했다. 입 안이 바싹 마르고 등줄기에 식은땀이 흐르고 손이 떨렸다.

인터넷이 되지 않는다고? 곧장 인터넷에 들어가 묻고 싶었다. 인터넷이 되지 않아요. 어떻게 해야 하나요. 당연하게도 인터넷을 할 수 없으니 인터넷에 물을 수 없었다. 이보다 더 멍청할 수가.

그 순간 불길한 기억이 떠올랐다. 며칠 전, 아니 일주일 전, 아니 한 달 전에 유튜브에서 보았던 영상이었다.

*현대사회의 최대 바이러스, 인터넷.*

*인류 멸망을 이끌다.*


공룡대가리라는 닉네임의 공룡가면을 쓴 남자는 열변을 토했다. 인터넷은 마약이나 다름없고, 우리는 중독되어 가고 있으며, 결국 공룡처럼 지구에서 사라질 것이라는 얘기였다. 1분 30초쯤 보다가 꺼 버렸다. 인터넷 좀 작작 하라는 뻔하디뻔한 얘기였으니까. 웃기는 놈이었다. 그렇게 말하는 공룡대가리야말로 인터넷으로 돈을 벌고 있었으니까. 공룡대가리의 말처럼 인류가 끝장나는 편이 인터넷이 끝장나는 것보다는 나았을 텐데. 어쨌거나 말도 안 되는 일이었다. 그저 내 방의 인터넷이 끊겼을 뿐이다.

일단 정신 차리고 심호흡부터 하자.

깊게 숨을 들이쉬고, 잠시 머금었다가 길게 내뱉는다. 그래 잘했다. 그리고 다시 한번. 그렇게 열다섯 번쯤 반복하자 조금 진정되었다.

꼬르륵. 진정하기 무섭게 배에서 소리가 났다. 이 와중에 배가 고프다니. 이럴 줄 알았다면 이틀 치 배달을 시켜 두는 거였는데. 또다시 배에서 소리가 나자 극단적인 뉴스가 떠올랐다. 화장실에 갇혀 변기 물을 마시면서 사흘을 버텼다고 했던가. 덜컥 숨이 막혔다.

혹시나 하는 마음에 냉장고를 열었지만 물조차 없었

다. 하필이면 이럴 때 물까지 떨어지다니. 다급하게 싱크대로 가 수돗물을 틀자 물이 나왔다. 전기 포트에 물을 가득 받아 끓인 후에야 안정이 되었다.

당황하지 말자. 인터넷이 고장 났을 뿐이다. 이미 몇 번이고 살폈지만 다시 공유기를 확인했다. 전원 코드를 뺐다가 꽂았지만 역시나 빨간불이었다. 인터넷이 끊긴 게 처음은 아니었다. 지난번에 했던 것처럼 뚜껑을 열고 내부 선을 다시 연결했다. 여전히 초록불은 들어오지 않았다. 남은 방법은 하나밖에 없다. 전문가를 불러야 한다. 생각만으로 심장이 빠르게 뛰었다. 집에 다른 누군가가 오다니 아찔했다. 피할 수만 있다면 피하고 싶었지만 뾰족한 수가 없었다. 용기를 내는 수밖에.

말처럼 쉬웠으면 좋겠지만 삼십 번가량 심호흡을 한 후에야 겨우 폰을 들고 114를 눌렀다.

입술은 바짝 마르고 폰을 쥐고 있는 손은 땀 때문에 끈적거렸다.

겁먹지 말자. 별일 아니다. 인터넷이 안 된다는 말만 하면 되는 거다. 전화로 해결할 수 있는 방법을 알려 줄 수도 있다. 한참이나 신호음이 들리더니 또랑또랑한 안내 말이 흘러나왔다.

지금은 통화량이 많아 잠시 후에 다시 걸어 주시기 바랍니다.

뭐지?

전화가 끊기자마자 다시 통화 버튼을 눌렀다.

통화 대기량이 많습니다. 예상 대기 시간 487시간 29분 43초입니다.

응? 이건 또 무슨 소리지?

기다렸다는 듯 머릿속에 또 다른 기억 하나가 떠올랐다.

한 달 전이었다. 휴지를 주문하기 위해 쇼핑몰을 전전하고 있을 때였다. 최저가를 누르는 순간, 화면이 까맣게 변했다.

### D-30

새카만 화면에 빨간 글씨가 덩그러니 떴다. 대체 무엇이 30일 남았다는 건지, 아무런 메시지도 없었다. 뒤로가기 버튼을 눌러도 화면은 바뀌지 않았다. 그렇게 1분 동안 화면이 고정되어 있었다. 이상한 오류였다. D-25, D-18, D-11, D-3을 보았을 때도 대체 뭔가 싶었다. 딱히 큰 걱정을 한 건 아니었다. 어떤 미친놈이 또 이상한 바이러스를 퍼뜨리나 싶었다. 그게 아니라면 누군가의 주머니를 시원하게 털어 보려는 기막힌 광고이거나. 그것과 연관 있는 일인 걸까. 나한테만 일어난 일이 아니라면…… 좋아해야 하는 건가? 다행인 걸까? 더 끔찍한 일일까? 어느 쪽이건 아찔하긴 마찬가지였다.

혹시나 하는 마음에 창문을 열었다.

바깥세상은 여전했다.

좀비가 쫓아오지도 않았고, 폭탄이 날아오지도 않았다. 좁은 골목길에 차가 여러 대 세워져 있었고, 느긋하게 지나다니는 사람들이 보였다. 지극히 평범한 풍경이었다. 문제가 있다면 미세먼지 때문에 하늘이 뿌옇게 보인다는 것뿐.

다시 폰을 확인했지만 여전히 인터넷은 연결되지 않았다.

이제 어떻게 해야 하는 거지?

그 순간 TV가 보였다. TV도 안 되는 건가? 재빨리 리모컨을 들고 전원 버튼을 눌렀다.

1초. 2초. 3초. 곧이어 파란 배경의 뉴스 화면이 떠올랐다. 수신을 끊겠다는 전화를 하지 못해 어쩔 수 없이 한 달에 2,500원 수신료를 낸 게 도움이 될 줄이야. 뉴스 화면 왼쪽 위에는 '속보'라는 두 글자가 떠 있었다.

앵커는 심각한 얼굴이었다.

"오늘 11시 34분경 전 세계 인터넷이 단절되어 현재 시간까지 복구가 되지 않았습니다. 해저 케이블을 비롯해 오류가 전혀 발견되지 않았으며, 현재 국가 비상 상임 위원회가 열리고 있습니다."

전 세계 인터넷이 다 끊겼다고?

들으면서도 믿기지가 않았다.

그러니까 인터넷이 전혀 되지 않는다고? 내 방뿐만 아니라 이 세상 어디에서도?

이렇게 한순간에 인터넷이 사라질 수 있다고?

뉴스가 아니라 개그 프로그램인 건가? 말도 안 된다는 생각에 다급하게 채널을 돌렸다. 인터넷이 되지 않는 것보다 말이 안 되는 게 또 어디 있겠는가. 채널을 돌리자 또 다른 뉴스 프로그램이 나왔다. 이번엔 앵커뿐만 아니라 인류학 교수라는 사람이 패널로 나와 있었다. 밤색 양복을 입고 있는 그는 뉴스와는 어울리지 않게 짜증 가득한 표정을 짓고 있었다.

"지난 한 달간 꾸준히 경고된 상황이었습니다. 누구하나 위기의식을 느끼지 못한 채 일관되게 무시했습니다. 한 달이면 충분히 대비를 했어야 하는 상황입니다. 이제 와서 어떻게 하냐고 묻는 게 말이 됩니까."

"교수님은 외계인의 소행이라고 생각하시는 겁니까?"

"제 생각이 아니라 사실입니다. '지구 인터넷 소멸 작전' 성명서가 모든 국가 수뇌부에 전달된 상황이었습니다. 국민들 역시 알 수 있도록 매일 11시 34분 디데이가 인터넷 창에 표시되었습니다. 제 생각이 중요한 게 아니라 일어난 일을 봐야 합니다."

"그렇다 하더라도 외계인의 소행이라는 게 믿기 어려운 건 사실인데요. 외계인의 존재조차 확인이 안 된 상황입니다."

"인간의 인지가 해답의 기준이 될 순 없어요. 인간이 확인하지 못한 게 어디 외계인뿐입니까? 상황을 봐야

죠. 현재 아무런 문제가 없어요. 천재들이 이 문제를 해결하려고 날밤을 까도 인터넷은 돌아오지 않을 거란 말입니다. 문제가 없는데 고치는 게 말이 됩니까. 심각하게 경고를 받아들여야 합니다. 인터넷은 시작에 불과할 겁니다."

인류학 교수는 답답해서 미쳐 버리겠다는 듯 열변을 토했다.

금방이라도 스튜디오를 박차고 나갈 것만 같았다. 보면서도 혼란스러웠다.

그러니까 외계인이 인터넷을 끊어 버렸다고?

왜?

머릿속이 새하얘졌다.

지구 인터넷 소멸 작전? 정말 그런 게 있는 건가? 아니면 헛소리를 늘어놓는 걸까. 진짜 인류학 교수는 맞나? 정신이 아득해졌다. 여전히 멍한 상태로 채널을 돌렸다. 세 번째 방송은 가관이었다.

"외계인이 지구의 인터넷을……"

말이 채 끝나기도 전에 앵커는 기가 막히다는 듯 안경을 벗고 코웃음을 쳤다. 그러더니 주섬주섬 마이크를 뺐다.

"말 같지도 않은 소리 하고 있어. 염병."

염병이라는 단어가 나오자마자 마이크가 급하게 꺼졌다.

앵커는 앞에 있는 A4용지를 내팽개쳤고, 화면은 날씨로 넘어갔다. 곧이어 '화면이 고르지 못한 점 사과드립니다' 하고 방송사고 자막이 흘러나왔다. 우습거나 화가 나기는커녕 조금 슬퍼졌다. 말도 안 되는 상황이라며 뛰쳐나갈 수 없었으니까. 전 국민이 보는 가운데 나갈 수 있는 사람이 있는 반면에 아무도 보지 않아도 쉽게 나갈 수 없는 사람이 있었다. 후자가 나라는 것이 안타까울 뿐이다. 전원 버튼을 누르려다 말고 마지막으로 채널을 돌렸다. 그러자 익숙한 모습이 나타났다.

공룡대가리였다.

그는 비장하게 말했다.

"외계인은 더 이상 지구를 봐줄 마음이 없는 겁니다. 우리는 끝났습니다."

공룡대가리의 말이 맞다. 세상의 멸망은 이루어지지 않을지 몰라도, 내 세상은 끝이 났다. 이대로 나는 죽어 버릴 게 틀림없다.

## 2                  8평의 세계

18개월 전, 내 인생은 바뀌었다.

인생이 바뀌기에 열여섯 살은 확실하게 이르다.

"인생이 마음대로 되는 게 아니야. 원치 않아도 달라질 수밖에 없어."

엄마의 말에 고개를 끄덕이는 아빠와 달리 나는 일말의 수긍조차 할 수 없었다. 내 인생이 바뀌는 이유는 두 사람이 그들 마음대로 하고 있기 때문이었다. 원치 않는다는 말을 하고 있지만 그들은 16년 내내 이혼을 원했다. 그러니 원치 않아도 달라질 수밖에 없다는 건 오직 나에게만 해당하는 일이었다. 내가 수긍하든 말든 삶은 멋대로 흘러갔다. 아주 지독하게.

엄마 아빠는 법적 공방을 벌였다.

나 때문이었다.

여기까지 말하면 모두가 다행이라는 반응을 보인다.

"어느 부모가 자식을 포기하겠어."

틀린 말은 아니었지만 애석하게도 좋은 마음이 좋은 결과를 낳는 것은 아니다.

두 사람 모두 나를 원했지만 세 사람이 함께 살기를 원치는 않았으니까. 결국 내가 둘 중 한 사람을 택해야만 했다. 문제는 두 사람 모두 나를 키울 능력이 있다는 거였다. 안정적인 직업을 가졌고, 따뜻한 집에서 따뜻한 밥을 제공하고 알맞은 교육 환경을 조성해 줄 수 있었다.

그게 문제였다.

판사는 두 사람과 함께 나를 법정으로 불렀다.

"편하게 말해도 된단다. 너의 의사에 달려 있어. 누구랑 살고 싶니?"

판사가 그 말을 할 때 두 사람은 나를 쳐다보았다. 당연히 나를 택하겠지 하는 눈빛으로. 우스운 일이었다. 함께 살 때는 누가 더 무심한가 경쟁이라도 하듯 내게 관심을 보이지 않았으니까. 누구를 택해야 하는 것일까. 내가 버려야 할 사람은 누구일까. 내게 더 나쁜 부모는 누구였을까. 내가 중학교 1학년인지 3학년인지 매번 헷갈려 하던 아빠였을까. 부르기만 하면 필요한 돈이 얼마냐고 묻는 엄마였을까. 가족을 챙기기엔 너무 바쁘다고 말하는 아빠였을까. 엄마에게도 엄마의 인생이 필요하다는 엄마였을까.

결국 나는 아무도 택하지 않았다.

"혼자 살고 싶어요."

그 순간 법정에 흐르던 정적이 떠오른다.

안타깝다는 듯 쳐다보는 판사의 눈빛, 그리고 배신감에 젖은 눈으로 바라보는 두 사람.

내 선택을 존중할 수 없다던 판사는 이후 세 번의 재판을 더 진행했고, 그 어떤 재판에서도 나는 흔들리지 않았다. 누구와도 살고 싶지 않았다. 결국 나는 혼자 살게 되었다. 내가 원할 땐 누구든 택할 수 있다는 전제 아래, 두 사람의 집에서 각각 5km 이내로 거주지를 마련해 주고, 생활비를 지원하며, 언제든 내가 필요로 할 때 달려가야 한다는 조건이 붙었다. 두 사람 모두 결코 그 조건을 어기는 일은 없을 거라 맹세했다. 그 순간 어쩌면 두 사람 모두 나와 살고 싶지 않았을지도 모르겠다는 생각이 들었다. 그렇지 않고서야 그 조건을 냉큼 받아들일 리가 없지 않나. 그들은 맹세를 지켰다. 정확히 두 사람의 집 중앙에 내가 지낼 원룸을 얻어 주었고, 매달 10일 똑같은 금액의 생활비를 보냈다. 배신을 당했기 때문인지 실은 원했던 것인지 알 수 없지만 따로 살기 시작하자 두 사람은 내게 서서히 무관심해졌다.

결국 내가 그들을 절실히 필요로 하는 순간 두 사람은 나타나지 않았다.

"아빠가 바빠서 엄마한테 부탁할래?"

"엄마가 바빠서 아빠한테 부탁할래?"

두 사람 모두에게 부탁했지만, 두 사람은 똑같은 말로 거절했다.

내가 세상에 버려졌던 그 순간, 두 사람도 동시에 나를 버렸다. 그게 바로 1년 전이었다.

여전히 나는 내가 버려졌다는 사실만 알 뿐 왜 버려졌는지 모른다. 물론 미리는 이유를 말해 주었다. 그 이유를 납득할 수 없었을 뿐이다.

미리와 나는 여덟 살 때부터 친구였다.

초등학교 입학식 때 옆자리에 서 있었다는 이유만으로 둘도 없는 친구가 되었다. 우리는 중학교 때까지 매일같이 붙어 다녔다. 그리고 고등학생이 되었을 때, 갑자기 미리가 말을 걸지 않았다. 내가 말을 걸어도 못 들은 척했고, 옆에 다가가도 피했다. 그 모든 일이 너무 자연스러워서 나는 내가 순식간에 모기로 변한 건 아닐까 생각하기에 이르렀다. 물론 그런 유머는 전혀 통하지 않는다. 되레 이상한 사람으로 보일 뿐. 다른 아이들 역시 모두 나를 피했다. 결국 담임이 나와 미리를 함께 불렀다. 이유를 묻는 담임에게 미리가 딱 한마디를 했다.

"짜증 나요."

별것 아니라는 듯 시큰둥한 반응에 나는 아무 말도 할 수 없었다. 왜 짜증이 나는 건지, 내가 무슨 일로 짜증 나게 한 건지 꼬치꼬치 물을 수가 없었다. 무슨 말을 해도 미리는 "짜증 나"라고 말할 게 뻔했으니까.

이상했다.

그날 나는 너무도 쉽게 단념했고, 담임은 판사처럼

세 번씩 부르는 귀찮은 일을 할 마음이 없는 듯했다.

"친구끼리 잘 지내라."

먹히지 않을 한마디를 내뱉었을 뿐이다. 당연하게도 변하는 건 없었다. 한 달 동안 나는 학교에서도 혼자 지내야 했다. 어느 날 점심시간이 끝날 무렵 "쟨 눈치도 없지. 학교는 왜 자꾸 나오는 거야? 밥맛 떨어지게"라는 말을 들었다. 수업에 들어가지 않은 채 곧장 집으로 돌아온 나는 더 이상 밖으로 나가지 않았다. 그렇게 내 세상은 8평 원룸 크기만큼 작아졌다.

진짜?

진짜 반년 동안 한 발자국도 나가지 않았다고?

명랑보이는 몇 번이고 되물었다.

그러곤 덧붙였다.

너 완전 멋지다.

세상과 담을 쌓은 게 멋진 일인가. 어이없다 생각하면서도 이상하게 으쓱했다.

명랑보이가 나를 친구로 볼지, 단순한 게임 파트너로 볼지, 그것도 아니라면 라이벌로 볼지는 모르겠다. 우리는 게임에서 만났다. 처음엔 적수로 만났다가 팀이 되어 함께 싸웠다. 총을 쏘고, 등을 지켜 주었다. 처음엔 많은 말을 하지 않았다. 솔직히 말하면 나는 명랑보이가 좀 이상한 애라고 생각했다. 총을 쏴서 죽이는, 피 튀기는 게임을 하면서 명랑보이라니. 총과 명랑이라는 단어는 어울리지 않았다. 물론 내 아이디 역시 기발하진 않았다.

무존재123

명랑보이는 '무존재'에는 관심도 보이지 않은 채 왜 '123'을 붙였냐고 물었고, 나는 그 앞에 122명이 존재하기 때문이라고 답했다. 그러면 무존재가 아니지 않느냐고 명랑보이는 의문을 품었다. 그러니까 우리는 서로에 대해 이상하다는 감정을 갖고 무려 반년 동안 함께 게임을 했다. 그러다 보니 자연스레 이런저런 이야기를 하게 되었다. 모든 것을 오픈한 건 아니었다. 반년 동안 집 밖으로 나가지 않았다는 건 말했지만 어째서 나가지 않는지, 내 나이가 몇인지, 이름은 뭔지 말하지 않았다. 동시에 명랑보이가 영재였지만 지금은 전교 10등에도 들지 못한다는 것, 그의 부모 역시 내 부모와 마찬가지로 이혼했다는 것은 알았지만 누구와 살고 있는지, 어디에 살고 있으며 어느 학교에 다니고 있는지는 몰랐다. 가끔 궁금할 때도 있었지만 궁금증을 풀 생각은 전혀 하지 않았다. 내가 방에서 나가지 않기로 한 건 사람은 물론 그 어떤 것과도 가까워지지 않기 위해서였으니까. 명랑보이는 멋지다고 하면서도 가끔은 내가 진짜로 밖으로 나가지 않는 것인지 의심이 든다고 했다.

나는 굳이 그의 의심을 풀려고 하지 않았다. 알고 보면 너무 시시하고 간단했으니까.

밖으로 나가지 않고도 생활하는 건 어렵지 않다.

배가 고프면 배달 앱을 켜서 먹고 싶은 것을 시키고, 샴푸나 세제가 떨어지면 인터넷 쇼핑몰에 들어가 주문했다. 하루에 두세 번씩 문을 살짝 열고 손만 뻗으면 살아갈 수 있었다. 가끔 옷이 사고 싶으면 옷도 주문했다. 머리를 안 감아도 가릴 필요는 없었지만 괜히 모자를 살 때도 있었다. 그렇게 일 년을 지냈다. 전혀 불편이 없었다고 하면 거짓말이겠지만, 굳이 세상 밖으로 나가 상처를 받는 것보단 나았다. 영원히 방 안에서 지낼 생각은 아니었지만 당장 생활을 바꿀 마음도 없었다. 내 세상은 온전했고, 때때로 시원하고 따뜻했다. 가끔 심심할 때도 있었지만 인터넷 창만 켜면 다른 세상을 마음껏 엿볼 수 있었다. 사람을 구경하고 싶을 때면 창문을 열고 하염없이 거리를 내다보면 되었다. 누구도 나를 버릴 수 없었다. 그러니까 인터넷이 나를 버리게 될 줄은 상상도 못 했다. 배에서 꼬르륵 소리가 나도 밥조차 시켜 먹을 수 없게 될 줄이야. 세상은 정말이지 내 마음대로 흘러가지 않는다.

# 3 방문객

꾸르륵-

배에서 울려 퍼지는 소리가 방 안을 가득 메웠다.

방 안에서 혼자 죽는 상상을 하지 않았던 건 아니다. 하지만 상상 속에서 나는 화장실에서 미끄러져 머리를 부딪치고 피를 흘리며 쓰러지거나, 수건에 목을 매고 있거나, 잠든 채 영원히 깨어나지 않았다. 어째서 단 한 번도 굶어 죽을 거란 상상은 하지 못했던 걸까. 어째서 클릭 한 번으로 언제든 먹을 수 있을 거라 생각한 걸까. 배가 고파 쓰레기통을 뒤지는 이의 심정이 이해가 될 지경이었다. 왜 하필 어젯밤 음식물 쓰레기를 버리고만 걸까 후회스러웠다.

엄밀히 따지면 단 한 번도 방을 벗어나지 않았던 건 아니다.

일주일에 한 번, 밤 열두 시가 넘으면 조심스레 쓰레기봉투를 들고 밖으로 나갔다. 문에 귀를 딱 대고 발소리가 들리지 않을 때 재빨리 1층으로 뛰어 내려가 쓰레기봉투를 내던지고 집으로 돌아왔다. 짧은 외출을 끝내고 나면 한참 동안 숨을 몰아쉬곤 했다. 하지만 지금은 나갈 수가 없었다. 어제 먹다 남긴 마라탕이 떠올랐지만 음식물 쓰레기봉투를 들고 올 순 없는 일이었다. 물론 편의점을 다녀오는 것보다야 훨씬 쉬운 일이겠지만.

이상한 일이었다. 내 삶과 전혀 상관없는 이들과도 마주칠 수조차 없게 되어 버린 것이. 하지만 어제까진 8평의 세계에서 견딜 만했다. 우물쭈물하며 말을 할 필요도, 나를 바라보는 눈빛을 이해하려 들 필요도 없었다. 위기의 순간 앞에서 인간은 자신을 돌아볼 수밖에 없다고 한다. 그렇게 돌아본 나는 한심하고, 또 한심했다.

혹시나 하는 마음에 배달 앱을 켰지만 멈춘 화면에 동그란 원만 계속해서 돌아갈 뿐 배달 가능 음식 따윈 뜨지 않았다. 아, 망할 놈의 외계인. 나 같은 인간은 다 죽어 버리라는 건가. 지구 정복 전에 쓸모없는 인간부터 죽여 버리려는 걸까. 아니면 지구를 구하기 위해 나 같은 인간은 없어야 한다고 생각하는 걸까. 끊임없이 뻗어 가는 생각에도 해답은 떠오르지 않았다.

폰을 들고 멍하니 있었다.

엄마에게 전화를 해 볼까. 아니, 아빠에게 해야 하는 걸까. 전화를 해서 뭐라고 해야 할까. 밥을 못 먹고 있으니 밥 좀 사다 달라고? 아니면 내가 죽게 되었으니 늦지 않게 와서 시체나 치우라고 해야 하는 걸까.

순간 눈물이 핑 돌았다.

태어났다는 것에 미안함은커녕 묵은 원망이 샘솟았다. 어째서 나를 낳은 거냐고. 원치 않은 결혼을 할 거였으면 그냥 지워 버리지 그랬냐고. 그랬다면 나 때문에 두 사람의 젊음을 망쳤다는 죄책감도 느끼지 않았을 테고, 같이 살자고 해 놓고선 왜 필요할 땐 오지 않았냐고 실망할 일도 없었을 텐데.

그때였다.

똑똑.

갑작스러운 소리에 숨을 죽였다.

잘못 들은 건가?

잠시 정적이 흐른 후 또다시 문을 두드리는 소리가 들렸다.

똑똑똑.

확실했다.

누군가 내 방문, 그러니까 내 세계의 현관을 두드리고 있었다.

나도 모르게 뒷걸음질 쳤다.

문에서 가장 멀리 있는 창문에 등을 딱 붙였다.

그리고 다시 소리가 들렸다. 이번엔 목소리였다.

"저기요."

대답하지 않았지만 목소리는 굴하지 않았다. 곧이어 또랑또랑한 목소리가 복도에 울려 퍼졌다.

"배달 왔어요."

배달? 시킨 적도 없는 배달이 어떻게 온 걸까? 불안감도 잠시 기다렸다는 듯 배에서 꼬르륵 소리가 들렸다.

나도 모르게 발걸음이 문 쪽으로 한 발자국씩 옮겨갔다. 심장이 빠르게 뛰었다. 스마트워치 따위 끼고 있지 않아도 심장 박동이 85, 95, 100을 넘어서는 게 느껴졌다. 문 앞에 이르러 문고리를 잡았을 땐 말 그대로 터질 것만 같았다.

문밖의 목소리는 내가 다가온 걸 알고 있다는 듯 짜증 섞인 목소리로 말했다.

"안에 있는 거 다 알거든요? 문 좀 열죠? 배 안 고파요?"

배는 고팠지만 경계심을 풀 수가 없었다.

"배…배달⋯⋯안…안…시켰는데요⋯⋯."

내 입에서 나온 말이었지만 너무 멍청하게 느껴졌다. 문밖의 목소리는 별일 아니라는 듯 되받아쳤다.

"안 시킨 게 아니라 못 시킨 거겠죠."

순간 나도 모르게 방의 모서리를 살폈다. CCTV라도 있는 걸까. 어떻게 된 일일까. 아니, 그것보다 누구지?

아무 말도 못 하는 사이 다시 목소리가 들렸다.

"김치찌개 다 식거든요? 이제 그만 문 좀 열죠?"

무서웠다.

김치찌개를 핑계 삼아 침입해서 죽이려는 게 아닐까. 사실 이 모든 게 나를 죽이기 위한 계략은 아닐까. 다시 한번 방을 두리번거렸다. 멍청하게 우물쭈물하고 있는 모습이 실시간 방송되고 있고, 나의 멍청함에 사람들이 낄낄 웃고 있는 것 아닐까. 역시 답답한 애라면서 따라갈 수도 없는 속도로 욕을 내뱉고 있지 않을까. 나도 안다. 당연히 말도 안 된다. 나의 멍청함이 그토록 주목받을 리 없다. 그럼에도 불구하고 자꾸만 이상한 생각이 들었다. 외계인이 전 세계의 인터넷을 끊어 버렸다는 것부터가 말이 안 되긴 마찬가지였으니까. 배에서 꼬르륵 소리가 다시 울려 퍼졌다.

이대로라면 어차피 죽을 거였다.

그것도 화장실 물을 퍼먹다가 죽게 될지도 모른다. 김치찌개의 습격을 받아 죽는 편이 차라리 나을지도 모른다. 적어도 빠르게 죽을 테니까. 어느 쪽이 더 고통스러울지는 잘 모르겠지만. 어쨌거나 억울하긴 마찬가지였다.

"아, 마음대로 하세요."

그 순간 그냥 가 버릴 거란 생각에 마음이 급해졌다. 나도 모르게 문고리를 돌려 문을 확 열어젖혔다.

"악!!!"

열리는 문과 함께 문 앞에서 허리를 숙이고 있던 여자가 뒤로 나동그라졌다. 동시에 여자의 손에 들려 있던 김치찌개가 흰 봉지를 뚫고 여자의 분홍색 티셔츠 위에 팍 튀었다.

"아 뜨거!!!"

여자가 김치찌개 봉투를 놓치는 순간, 재빨리 손을 뻗어 봉투를 잡았다. 그러자 여자는 어이없다는 표정으로 나를 쳐다보았다.

"죄…죄송해요……."

여자는 황당하다는 듯 코웃음을 쳤다.

어떻게 해야 하나 고민하는 사이 여자는 벌떡 일어나더니 말릴 새도 없이 방 안으로 쑥 들어왔다. 나는 당황한 나머지 문을 열어 둔 채로 멍하니 서 있었다.

여자는 자연스레 싱크대로 가더니 물을 틀고 티셔츠에 묻은 김치찌개를 닦아 냈다. 붉은 자국이 옅어지며 옆으로 더 퍼졌다.

"계속 그렇게 서 있을 거야?"

그제야 정신이 들었다.

여자 말대로 계속 이렇게 서 있을 수는 없는 노릇이라 일단 방으로 들어갔다. 대체 내 방에 왜 함부로 들어오는 거냐고 말할 생각조차 하지 못한 채.

뒤늦게 돈이 떠올랐다. 돈을 내야 하는데…… 당연하게도 현금이 없었다. 계좌 이체도 안 되고 카드 결제도 안 되고, 밥도 못 시키고 돈도 못 찾는 거구나. 김치찌개를 내려놓고 다시 폰을 꺼내 앱을 켜 보았지만 소용없었다. 이럴 줄 알았다면 침대 밑에 현금을 깔아 두었어야 하는 건데.

"저기…… 지금 돈이 없는데……"

여자는 한숨을 내쉬었다.

"어쩔 수 없지. 나중에 줘."

여자의 말대로 어쩔 수 없긴 했지만 공짜로 먹는 게 좀 께름칙하긴 했다. 김치찌개에 마약을 탔다거나…… 지나친 상상일까.

"근데 어떻게…… 전 시킨 적이 없는데……"

"사장님이 갖다주래."

"네?"

"제멋대로긴 해도 단골 관리는 제대로 하는 분이거든."

그러고 보니 늘 시켜 먹던 가게였다. 리뷰를 안 써도 종종 계란말이나 계란찜을 서비스로 주기도 했다. 감사하다는 메모와 함께. 사실 특별히 맛있진 않았다. 그야말로 밍밍한 맛이었다. 맛있지도 없지도 않은, 굳이 다시 시킬 마음도 안 들고, 그렇다고 다신 안 먹겠다는 마음도 안 드는. 그럼에도 매일 시킨 건 아무것도 묻지 않았기 때문이다. 다시 전화를 걸어오는 일도, 주문을 취소하는 일도, 배달이 잘못되는 일도 없었다. 변치 않는 무매력이 매력적인 곳이었다. 당연히 나 같은 손님은 신경도 안 쓸 줄 알았는데 굳이 가져다주라고 했다니 감동적이었다. 순간 눈물이 핑 돌았다. 감동의 순간은 오래가지 않았다.

여자는 문이 아닌 옷걸이 쪽으로 향했다. 그러곤 목이 늘어난 검은 티셔츠를 한 장 집어 들었다.

"입어도 되지?"

"네?"

"이 꼴로 나갈 순 없잖아."

황당했다. 고맙긴 했지만 여자는 이상하리만치 뻔뻔했다.

"넌 지금 상황에 대해서 어떻게 생각해?"

"네?"

"우리 사장은 개뻥이래."

"뻥이요?"

"얼마 전에 세계 평화 위원회 있었잖아. 미국에서 했던가, 독일이었나?"

미국과 독일은 거리가 멀어 보였지만 중요한 건 아니었다. 여자 역시 그렇게 생각했는지 계속해서 말을 이어 갔다.

"그때 각국의 수장들이 계획했다는 거지. 평화고 나발이고 인터넷을 싹 끊어 버리고 독재나 하자고. 솔직하게 말할 수 없으니까 외계인들 짓이라고 연막을 치는 거라고 말이야."

"아······."

그럴 수도 있겠구나 싶었는데 여자는 답답하다는 표정을 지었다.

"너 되게 착하구나?"

"네?"

"말도 안 되는 헛소리잖아. 설마 김치찌개 하나에 홀랑 넘어간 거야?"

넘어간 게 아니라 외계인이든 대통령이든 내겐 별반 다를 게 없었다. 그러거나 말거나 여자는 심각하게 말을 이어 갔다.

"외계인 짓이야."

조금 전과 달리 여자는 동의하라는 듯 나를 뚫어져라 쳐다봤다. 여전히 아무 말도 하지 못하자 다시 말을 이어 갔다.

"난 봤거든."

"인터넷 끊는 걸요?"

여자는 고개를 저었다.

"아니, 외계인을 봤다고. 너 보물찾기 해 본 적 있어?"

갑자기 또 무슨 보물찾기인지. 이리저리 튀는 여자의 말을 따라가기가 힘들었다. 선택의 여지가 없었다. 입을 다물고 있는 수밖에.

"유치원 때였어. 그때 내가 시골에서 살았어. 무슨 서원이었더라. 아무튼 거기서 보물찾기를 했었거든? 여기저기 숨겨 둔 상품 쪽지를 찾는 거. 난 진짜 더럽게 못 찾았어. 근데 또 끈기는 넘쳐 가지고 산속 깊숙이 들어갔는데 그때 외계인이 나타났어. 민머리에 눈코입도 이상하게 커다란 생명체가 쪽지 하나를 건네주더라? 그러곤 아무런 말 없이 걸어갔는데, 걸어가는 동안 사람으로 변했어.”

이거야말로 헛소리였다.

배에서 꼬르륵 소리가 났지만 어쩐지 김치찌개를 먹어선 안 될 것 같았다.

“그 쪽지를 선생님한테 줬는데 선생님이 고개를 갸웃거리는 거야. 정해진 쪽지보다 한 장이 더 나왔으니까. 근데 선생님 글씨체랑 똑같았으니 함부로 의심도 못 하는 거지. 한마디로 내가 불쌍해서 외계인이 주고 간 거야.”

“잘못 봤을 수도 있잖아요?”

여자는 단호히 고개를 저었다.

“절대. 외계인은 분명히 있어.”

뭐, 여자의 말이 사실이라고 해도 지금 일과 대체 무슨 상관이란 말인가. 보물찾기를 못하고 있는 아이가 불쌍해서 정체를 드러내는 동정심 넘치는 외계인이 인터넷을 끊기라도 했다는 말인가. 이 모든 상황의 시작이 사실 여자의 어린 시절이라고 해야 되나. 그저 외계인이 있으니 외계인의 짓이라는 걸 순순히 인정해야 한다는 걸까. 아니, 무엇보다 지금 왜 나한테 이런 얘기를 하는 걸까.

아무도 믿어 주지 않아서?

여자는 내 생각을 읽기라도 한 듯 제 말을 이어 나갔다.

"외계인을 찾으러 갈 생각이야. 같이 갈 마음 있어?"

당연히, 없었다. 마음이 있다고 해도 불가능한 일이다. 외계인을 찾으러 간다면 일단 이 방을 나가야 하니까. 이 방을 내가 벗어날 수 있을까?

대답할 때까지 나가지 않으면 어쩌나, 김치찌개를 돌려보내야 되는 걸까, 고민하는 사이 여자는 현관으로 가서 신발을 신었다.

"오늘 밤 열 시. 같이 갈 생각 있으면 건물 앞으로 내려와."

여자가 문을 여는 순간 나는 다급하게 여자를 붙잡았다.

막상 여자가 돌아보자 입이 떨어지지 않았다.

방을 나갈 수 없다는 말을 하려는 찰나 여자는 챙겨 들었던 헬멧을 신발장 위에 올려놓았다. 그러곤 차분한 말투로 말했다.

"도움이 될 거야. 막상 나오면 별일 아니구나 생각하겠지만 지금은 아닐 테니까."

여자는 대답은 필요 없다는 듯 문을 열었다.

"아. 내 이름은 이나리야."

여자는 이름을 알리면 믿음이 따라오기라도 하는 것처럼 비장하게 고개를 끄덕여 보인 후 문밖으로 사라졌다.

곧이어 계단을 다다닥 뛰어 내려가는 소리가 들렸다.

신발장 위에 덩그러니 놓여 있는 파란 헬멧과 여자가 벗어 둔 분홍색 티셔츠가 눈에 들어왔다. 어찌할 바를 모르겠는데 또다시 꼬르륵 소리가 났다.

일단은 김치찌개부터 먹기로 했다.

시간은 흐른다.

정신을 차릴 새도 없이 1년이 흐른 것처럼 순식간에 밤 10시가 되었다.

여전히 인터넷은 복구되지 않았고, 나는 한 시간째 헬멧만 노려보고 있었다. 막상 나가면 별일 아니라 해도 지금으로선 너무도 별일이었다. 누군가, 그러니까 외계인이 나를 지켜보고 있다면 "쟨 대체 왜 저렇게 멍청하게 앉아 있는 거야? 한국인 맞아?" 혀를 끌끌 찼을지도 모른다.

어릴 때부터 나는 답답한 아이였다.

중요한 순간이 되면 멈칫하는 아이. 언젠가 TV에서 화산이 폭발하는 장면을 보았다. 사람들은 상황을 판단하기도 전에 비명을 지르며 내달리기 시작했다. 만약 내가 거기 있었다면 내달리는 사람들에게 깔리거나 운 좋게 피해 간다고 해도 화산재를 고스란히 뒤집어썼을 것이다. 물론 화산재보다 빠른 사람은 없겠지만, 중요한 건 급박한 순간에도 생사를 가를 판단을 하지 못한다는 거였다. 나중에야 실제 상황이 아닌 영화 속 장면이라는 걸 알게 되었지만 그건 중요하지 않았다. 어쨌거나 나는 화산재에 가장 빨리 덮일 테고, 좀비에게 가장 빨리 물려 좀비가 될 거다. 좀비가 되어서도 사람 하나 물지 못해 최초로 굶어 죽는 좀비가 될지 모른다. 동시에 외계인 인터넷 단절 사건에서 죽는 유일한 사람이 생긴다면 나일 거다. 인터넷이 차단된다고 전기가 끊기는 것도 아니고 식수가 마르는 것도 아닌데 죽어 버리다니. 어쩜 그리 한심한 애가 있냐며 동정조차 받지 못하겠지. 여기까지 생각이 이르자 당장 뛰쳐나가야 한다는 생각이 들었지만, 생각과 달리 몸은 움직이지 않았다.

김치찌개는 저녁까지 먹기 위해 반으로 나눠 두었다. 다행인지 불행인지 일단은 배가 고프지 않았다. 내일은 어떻게 될지 모르지만 당장 나가지 않아도 하루 정도는 더 살 수 있을 터였다. 그사이 외계인의 마음이 변할지 누가 알겠는가. 나와는 달리 성격 급한 외계인이 재미없다고 원상복구를 하게 될지.

역시나 믿기지 않는다.

외계인이라니.

10시 10분.

쓸데없는 생각으로 10분을 더 흘려보내다니. 고작 10분밖에 지나지 않았지만 지난 건 지난 거였다. 어쩌면 이나리는 더 이상 기다리지 않을지도 모른다. 당장이라도 헬멧을 쓰고 나가야 한다는 마음과 이젠 끝났다는 마음이 동시에 들었다. 차라리 그 편이 나을지도 모른다. 진짜 나를 알게 된다면 실망하게 될 테니까.

결국 헬멧에서 시선을 거둔 채 TV를 틀었다.

커다란 건물 앞에 소리치며 모여 있는 사람들이 보였다. 왼쪽 상단에 '현 시각 KT 본사 앞'이라는 문구가 떠 있었다.

인터넷을 복구하라! 복구하라!

우렁찬 고함 소리를 배경 삼아 한 남자가 인터뷰를 하고 있었다.

"헛소리 그만 지껄이고 돈값 해야 할 겁니다. 기업 실수 감춰 보자고 외계인을 들먹이다니. 애들 장난도 아니고. 전 세계 인터넷이 끊긴 건지 한국만 끊긴 건지 우리가 어떻게 압니까? 인터넷이 끊겼는데! 그걸 믿으라는 겁니까?"

그는 흥분하고 있었다.

"외계인 같은 소리 하고 있네. 외계인이 있으면 데려와 보쇼!"

그는 더 말할 필요도 없다는 듯 돌아섰다.

그 순간 이나리가 떠올랐다.

'내가 봤으니까.'

이나리가 본 건 진짜 외계인이었을까.

기어코 보물을 찾고 싶었던 아이의 바람 아니었을

까. 직접 종이에 쓴 뒤 외계인이 준 거라고 우긴 것 아닐까. 그렇게까지 하는 아이가 불쌍해서 선생님이 모른 척해 준 것 아닐까. 자고로 어른이라면 아이의 잘못을 눈감아 줄 수도 있어야 하니까. 미리 일만 떠올려 봐도 모른 척하는 게 더 쉬우니까. 믿을 수 없는 말이었지만 이상하게 이나리의 말을 믿어 주고 싶었다. 내가 믿는다고 해서 달라질 건 없었지만.

채널을 돌려도 딱히 다르지 않았다.

'전국 피해 속출' '학원가 비상' '통신사 비상' '식당가 비상' '군대 비상 체계' '방송국 비상 채널망 가동' '물류 체계 비상'

죄다 비상이었다.

동시에 세상은 아주 잘 돌아가고 있었다.

인터넷이 끊겼어도 세상이 비상 상황이라는 것을 전 국민이 알 수 있었다. 세상 전부가 공유하는 비상이 진짜 비상일 수 있을까. 온 세상이 나를 놀리는 것만 같았다.

TV를 끄려는 순간 속보 타이틀과 함께 '대통령 대국민 담화' 자막이 떴다.

곧이어 화면이 바뀌고 단상 앞에 서 있는 대통령이 나왔다.

전 세계의 인터넷이 끊겼다고만 할 뿐 외계인에 대해선 언급하지 않았다. 정부와 기업은 복구를 위해 최선을 다하고 있다는 말과 함께 나지막하고 단호한 목소리로 덧붙였다.

"지나친 걱정은 삼가시고 일상에 집중해 주시기 바랍니다."

일상이 통째로 날아간 사람은 어떡해야 하는 건가요, 묻고 싶었다.

오직 인터넷이 되어야만 살 수 있는 사람이 있다고. 인터넷 설치 기사가 직업을 잃기 전에 내 목숨을 잃을 수도 있다는 말을 하고 싶었다. 하지만 소리 내 말한다고 한들 들어 줄 사람이 없었다.

나는 이내 TV를 껐다.

그리고 여전히 울리지 않는 폰을 한번 쳐다본 뒤 이불을 뒤집어쓰고 잠을 청했다.

잠이나 자는 게 내가 지킬 수 있는 유일한 일상이었으니까.

가끔 상상하지 못했던 일을 하게 될 때가 있다. 미완성 소설을 공개하게 된 것도 그렇다. 완성되지 않은 글을 내놓으면서 한편으로는 뒷이야기를 궁금해해 주시기를 바라는 마음이 든다. 끝을 낼 수 있을지 없을지 모르기에 말을 조금 덧붙여 본다. 이 이야기는 나를 둘러싼 세상이 움직이지 않는 것 같은 기분이 들었을 때 썼다. 스스로 방 안에 갇힌 한 아이가 아무도 믿지 않는 존재를 믿는 이와 가면을 쓰지 않고선 나설 수 없는 이를 만나 세상 밖으로 나가는 이야기였다. 어쩌면 모든 이야기가 그럴지도 모르겠다. 아무도 몰라주는 마음을 모두가 알아주길 바라는 마음, 누군가는 나와 같은 마음을 가졌을 거라는 바람에서 시작되는 걸지도. 그런 면에서 아직은 세상 밖으로 나가지 못한 주인공이 그 모습 그대로 세상을 마주하게 되어도 좋을 것이다. 부디 조금이나마 즐거우셨길 바라며.

에필로그

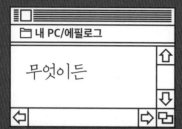

내 PC/에필로그

무엇이든

# 무엇이든

　　좋은 건 어렵게 얻는다. 어렵게 얻어서 좋은 건 아닐까? 때때로 의문이 들기도 하지만 글이 막힐 때마다, 일상이 버거울 때마다 괜히 읊조리곤 한다. 좋은 건 어렵게 얻는 거라고. 그 때문일까. 글이 휙휙 써질 때면 어쩐지 잘못하고 있는 기분이 든다. 좋은 건 어렵게 얻어지는 건데, 무언가 잘못되고 있다. 좋지 않은 게 나오고 있다.

　　그러나 어렵게 얻는다고 좋은 것도, 쉽게 얻는다고 나쁜 것도 아니다. 때로는 어렵게 얻어도 나쁘고, 아주 쉽게 좋은 것을 손에 쥐기도 한다. 그야말로 얼떨결에. 그러니 생각은 관두고 글이나 쓰는 게 좋겠지만 글을 쓰다 보면 어김없이 생각을 하게 된다. 글 쓰는 마음이란 이런 걸까. 왔다 갔다 하는 것. 이랬다 저랬다 갈팡질팡하는 것. 생각이 많아서 글을 쓰기 시작한 줄 알았더니 글을 쓰면서 생각이 많아진 것 같기도 하다. 가끔은 왜 이런 생각을 하는지 모르겠는 생각조차 한다. 글을 인생에 비유하는 건 도무지 답이 없기 때문일 거다.

　　나는 내가 무엇이든 쓸 수 있을 줄 알았다. 그것
도 잘. 내가 바로 글 자판기다 이거야! 툭 누르면 마음
에 쏙 드는 게 툭 하고 나올 줄 알았다. 한때 그런 생
각을 했었다는 것만으로 얼굴이 화끈거린다. 세상에,
내가 미쳤었나 봐. 동시에 그때의 천진난만함이 그립
기도 하다. 내가 쓴 글을, 그리고 나를 판단하지 않은
채 희망과 의지만으로 충만했던 과거의 내가 부럽다.
그때로 돌아가게 된다면 글 같은 건 쳐다보지도 않겠
다는 농담을 하지만 오히려 더 많이 쓸 것 같다. 마음
껏 뛰어놀 수 있을 때 뛰어놀아야 하는 법이니까. 지금
의 나는 내가 무엇이든 쓸 수 없다는 걸 안다. 내가 쓰
고 싶은 이야기와 잘 쓰는 이야기가 일치하지 않을 수
있다는 것도 안다. 하고 싶은 것과 잘할 수 있는 것 중
에 선택을 해야만 한다는 것도. 그럼에도 여전히 나는
무엇이든 쓰고 싶어진다. 아직은 잘하는 것만 하고 싶
지 않다. 에세이 역시 그런 마음으로 쓰게 되었다.

　　소설만큼이나 에세이를 즐겨 읽는다. 당연히 소
설가가 쓴 에세이도 좋아한다. 실패 없는 선택 같았
다. 그래서 에세이를 쓰는 내내 공포에 시달렸다. 내
가 첫 실패가 될까 봐. 에세이도 잘 쓰는 소설가가 되
고 싶은데, 생각하자마자 어디선가 소설은 잘 쓴다고

생각하나 봐? 묻는 소리가 들리는 듯하다. 이런 답 없는 걱정을 막을 답은 하나다. 그냥 쓸 것. 최선을 다해 쓸 것.

　　처음에는 그저 내 일상을 담은 에세이를 썼다. 첫 시도의 결과가 어떠했는지에 대해선 굳이 말하지 않겠다. 그보다 신인 작가가 직업인으로서 느끼는 불안에 관한 이야기를 해 보는 건 어떻겠냐는 편집자님의 역제안에 이 글을 쓰게 되었다. 재밌을 것 같다며 호기롭게 받아들였지만 솔직히 말하면 부담도 되었다. 이제 막 작가로서의 삶을 시작한 내가 써도 되는 걸까? 정말 저를 믿으시는 건가요? 그럼 편집자님만 믿고 갑니다! 모드였달까. 하지만 에세이를 쓰면서 생각했다. 어쩌면 지금의 나라서 할 수 있는 말이 있겠구나. 눈부신 성공을 겪지 못했어도, 가끔은 찌질하기까지 해도, 그래도 꿋꿋이 써 나가는 이야기, 그래도 괜찮다는 이야기가 누군가에겐 필요할 것 같았다. 바로 내가 그랬던 것처럼 말이다. 그래서일까. 에세이를 쓰는 동안 나는 글이 조금 더 좋아졌다. 조급해진 마음에 놓치고 있었던 글쓰기의 매력을 다시 발견하게 된 기분이다.

　　글쓰기의 좋은 점은 혼자서도 할 수 있다는 것이라고 생각했는데, 글을 쓰며 살다 보니 이건 도저히 혼자서는 할 수 없는 일이란 생각이 점점 더 확고해진다. 내 손을 잡아 주는 이들이 없었다면, 기꺼이 읽어 주는 마음이 없었다면 쓰지 못했을 거다. 그 마음들을 떠올리면 그간 내뱉었던 온갖 불평을 전부 주워 담아 고마운 말로 바꾸고 싶어진다. 이상하리만치 좋은 사람이 되고 싶어진다. 타인에게 한 발 더 다가가고 싶어진다. 무심했던 세상에 한 번 더 눈길을 주고 싶어진다. 더 잘해야겠다고, 그 모든 소중함을 잃지 말자고 다짐하게 된다. 이때의 나는 세상 누구보다 긍정적이고 유쾌한 사람이 된다.

도무지 앞이 보이지 않는 상황에서도 눈부신 희망을 마주하게 될 거라는 믿음이 내게는 여전히 남아 있다. 감히 할 수만 있다면 이 글을 읽는 모두에게 나누고 싶다. 낄낄 웃음이 나오는 에필로그를 쓰고 싶었는데 역시나 생각처럼 되지 않는다. 뭐, 그럼 또 어떤가. 어디로 튈지 모르는 것이 글쓰기의 진짜 매력인 것을.

# 가능성의 세계

**초판 1쇄 발행** 2025년 1월 13일

**지은이** 이서현
**펴낸이** 이광재

**책임편집** 김난아
**디자인** 이창주
**마케팅** 정가현          **영업** 허남

**펴낸곳** 카멜북스   **출판등록** 제311-2012-000068호
**주소** 서울특별시 마포구 양화로12길 26 지월드빌딩 (서교동 395-7) 3층
**전화** 02-3144-7113   **팩스** 02-6442-8610
**이메일** camelbook@naver.com   **홈페이지** www.camelbooks.co.kr
**페이스북** www.facebook.com/camelbooks
**인스타그램** www.instagram.com/camelbook

**ISBN** 979-11-93497-12-8(03810)